A. Dewar Willock

Rosetty Ends

Or the Chronicles of a Country Cobbler

A. Dewar Willock

Rosetty Ends
Or the Chronicles of a Country Cobbler

ISBN/EAN: 9783337076917

Printed in Europe, USA, Canada, Australia, Japan

Cover: Foto ©Andreas Hilbeck / pixelio.de

More available books at **www.hansebooks.com**

ROSETTY ENDS

OR THE

CHRONICLES OF A COUNTRY COBBLER

BY THE

AUTHOR OF "SHE NODDIT TO ME"

"There's a divinity doth shape our ends."—SHAKESPEARE

"The soutar tauld his queerest stories."—BURNS

———

EDINBURGH: DAVID DOUGLAS

1887

·ROSETTY · ENDS·

OR THE CHRONICLES OF A COUNTRY COBBLER, BY

JOB BRADAWL

·THERE'S· A ·DIVINITY· DOTH· SHAPE ·OUR ·ENDS.
——SHAKSPEARE.
·THE· SOUTAR· TAULD ·HIS ·QUEEREST· STORIES.
——BURNS.

NOTE.

DEAR PUBLISHER,—You say you want a "Preface" for *Rosetty Ends.* I am afraid you cannot get it. It is a difficult thing to write a Preface. An orthodox Preface usually explains the high moral purpose which the author had in view, or the circumstances under which the book was written. I do not claim a high moral purpose for the book, and if readers discover evidences of such in its pages, it is at their own risk, and I wash my hands of all responsibility. It would be unwise to assert that the book has been issued to fill the felt want of a thoroughly reliable technical dissertation on the important subject of leather, because readers would promptly find out that the book was not built that way. *Rosetty Ends* was not written to dispel the *ennui* of a sick-bed; it was not written to relieve the tedium of a number of snow-bound passengers on the Highland Railway;

nor was it compiled to mitigate the monotony of the existence of the entombed victims of a coal-pit explosion, although it is humbly hoped that the book might be useful on such occasions. Had *Rosetty Ends* been written under so romantic circumstances as these, the public might have been glad to know it; but having no such sentimental apology for its existence, it may be better to face the reader without the usual "please-don't-kick" page.

Yours faithfully,

A. DEWAR WILLOCK.

December 1886.

CONTENTS.

"THE CHRONICLES OF A COUNTRY COBBLER" were originally published in the *People's Journal* from week to week. They have been revised, and are now issued in a collected form, and the illustrations by MR. MARTIN ANDERSON are reproduced from the originals by the kind permission of Mr. JOHN LENG of Kinbrae.

CHAPTER I.

CROWDIEHOWE.

'MAIST everybody wha has visited Crowdiehowe has been struck by the tastefu' modesty o' a sign that hings at ane o' the shoppies in the principal street o' that quiet but thrivin' toonie. It's true there's no' mony strangers gie us a ca', for we are rather aff the track o' the great band o' pleasure-seekers, an' we are hardly o' sufficient importance as a community to attract business men ; but there's a feck o' fouk wha come in the summer months for the benefit o' their health, an' at antrin times we hae ane or twa artist bodies wha settle down in the place for a month or twa, an' mak' pictures o' the

A

swine's cruives an' broken-doon reshils o' hooses roond aboot, bribin' the bairns to stand roond in picturesque attitudes by giein' them pennies noo an' again, which are promptly spent in candy rock an' sugar-bools, thereby giein' some encouragement to the commerce o' Crowdiehowe. A' thae strangers hae expressed their admiration at some time or ither o' the shop sign afore-mentioned, while to the permanent inhabitant it has been a thing o' beauty an' a joy for at least aucht years. Afore that time there was a sign certainly, an' a guid an' faithfu' servant it was for mair than half a hunder years; but the cheenged nature o' business that had gradually come about garred me—for it's my sign— look about for something that wad mair explicitly tell what I was ready to perform, an' hence the new ane. The auld buird bore the simple legend—

JOB BRADAWL : BOOTS & SHOES,

which directly conveyed to the mind o' onybody wi' mair gumption than a twa-year-auld stirk that buits an' shoon were made and selt on the premises. An' guid buits and shoon they were, tae, though I say it mysel' that maybe wadna say it if I thocht ony ither body wad tak' it in their head to say it for me, for in my day I was as guid a hand at fittin' a customer as ony subject o' King Crispin that ever drew sole an' upper thegither wi' the aid o' a rosetty lingin. But the days o' hand-makin' are aboot past an' dune noo. Machinery and the diveesion o' labour hae driven the auld-fashioned shoemaker oot o' the field, an' some o' the steam factories turn as mony completed buits and shoon oot o' their warkshops in a month as Methusalah wad hae dune in a' his lifetime had he been a snab, an' wrocht onything like decent 'oors. Hand-labour canna compete wi' that michty monster steam, an' it's the wise man that boos to circumstances, accepts the situation, an' mak's the best he can o' what he canna help.

It was under thae circumstances that I got my sign altered. I had to cogitate lang and sair owre what it should be, an' the result o' it was that I cam' to the conclusion that the best thing was this :—

REPAIRS NEATLY EXECUTED WITH
PROMPTNESS AND DESPATCH,
BY JOB BRADAWL.

Gettin' the joiner to mak' the buird, I forgathered wi' a tramp painter, wha agreed to paint the inscription on ae side, alang wi' a life-like representation o' a buit on the ither, for three and saxpence and a dram. He faithfully performed his contract, but drank a' the bawbees in ae day, an' spent the nicht in the police cell, though that was nae business o' mine. A day or twa after I got the smith to mak' a bracket an' to fasten the buird up, an' there it has swung and creakit in a' its glory ever since, wi' the exception o' ae day when it was blawn down wi' the wind, an' anither twa days when a wheen fiddlers got fou at the end o' a concert an' wrenched it down, afterwards fastenin' it owre the kirk door, where it caused a great scandal to the pious parishioners, an' sair trauchle to the beadle to get it down again.

An' sae, what wi' repairin' an' makin' an occasional pair to some auld-fashioned body wha likes to hae a sewed buit, I 've aye been able to warsle awa withoot haein' to draw on the bits o' bawbees that the guidwife contrived to save when buit-makin' was still a trade o' some consequence in the country, an' hae never thocht o' leavin' Crowdiehowe an' takin' up my residence in ony big toon. Na, na ; I 'm owre fond o' the fresh air an' the bonnie green fields o' Crowdiehowe, an' I wad ask for nae mair than that I should live a' my days here, an', when my time comes, that I should be laid beside the dust o' them wham I kent in my younger days, an' wha hae lang been slumberin' under the shadow o' the wa's o' the auld parish kirk. There have been folk wha cried that Crowdiehowe was a wearisome place to bide in—that there was nae life an' nae lichtsomeness. But I've found it itherwise. I've haen occasion to be in ither toons. I've seen Edinbro' an' Glasca, an' on ae memorable occasion I veesitit London, but it was in thae places that the desolation o' loneliness cam' owre me. There was nae want o' life an stir an' bustle. There were tens, an' hunders, an' thoosands o' folk passin' an' repassin', but there wasna a kent face amon' thém. No' ane wad say to ye that it was a fine day or a weet day—neither eechie nor ochie had a single creatur' to speak aboot, an' or lang I got sae lonely that I wad hae gi'en saxpence to see the wag o' a kent dog's tail. Na, na ; let them that like help to swell the great masses o' pride an' poverty, wealth an' starvation, that gang to mak' what is ca'd a great toon ; for my pairt, I'm fain to see the trees grow green an' broon an' black wi' the cheenge o' the seasons, to hear the bleat o' the sheep on the hillside, to hear the "moo" o' the coos as they lazily saunter hame at milkin'-time, to hear the mavis an' the blackbird as they sing their love-sangs to their mates, an' to hear the neebourly voice that has something to say aboot the weather or the craps—an' thae are no' sichts or soonds that are rife in big toons.

An' as for quietness, dae we no' get a' the news o' the ooter warld frae the penny papers, without haein' to bear the trauchle an' worry o' takin' pairt in the riots and revolutions, the murders an' massacres, the worries in Parliament, the movements o' the Queen, an' a' the ither things that editors—hard-workin' bodies that they are—think we need to ken aboot in order to be happy ? Or when local matters need discussin', can we no' gae alang to the smiddy in the forenicht, an' by the influence o' oor collectit wisdom thrash sense into the heads o' oor Provost an' Cooncillors ? My ain shop even is a lively place on weet forenoons, for the

Provost will drap in, an' maybe ane o' the Bailies—we hae twa o' them—will be wi' him, an' they'll discuss and settle the coorse that business is to tak' at the next meetin', an' hae't a' cut an' dried, sair to the disgust o' the opposition minority, wha grummil an' growl aboot hole-an'-corner meetin's. An' then for stirrin' incidents o' peril an' adventure, if they dinna happen in Crowdiehowe, hae we no' in the person o' Captain Groggit (retired) ane wha's flag has

braved the blasts o' Boreas in a' quarters o' the earth, an' wha has seen maist astoundin' things, which he can tell in a maist enterteenin' manner? The auld sea-dog aften stumps into my shoppie, an' hitchin' the upper end o' his timmer leg on the corner o' the coonter, garrin' the lower end stick oot like the bowsprit o' a ship, he screives aff stories

that wad mak' ane's hair stand up as stiff as his ain timmer tae—that is, providit the listener hadna the misfortune to be indebted to the wig-maker for his head o' hair.

A queer ane is the Captain, but no' a bad sort ava, though he is but a fragment o' what he had ance been. His richt leg was chawed aff by a shark ae day he fell owrebuird in the harbour o' Port Royal, his left e'e was gouged oot in coorse o' the settlement o' a disagreement wi' anither ship captain at San Francisky, an' he has less than the usual allowance o' fingers, a wheen o' them havin' been blawn aff at various times while he was meddlin' wi' firearms. But notwithstanding the way his body is dockit, he scorns to adopt ony artificial substitutes that dinna hae utility as weel as ornament to recommend them. He can get alang wi' a stick leg as weel as wi' a braw cork leg that canna be

telt frae flesh an' bluid, an' sae he wears a wooden pin ; he
canna see wi' a glass e'e, sae he wears a black patch owre
whaur his e'e should hae been, an' that patch, together wi'
the scaurs which exposure to the elements an' ither things
had gien him, gies him a look that has been kent to frichten
a bairn that wisna acquaint wi' him into fits. But the
bairns sune mak' friends wi' the Captain ; he aye has some
bitties o' something guid aboot his pouches, an' he 's rarely
seen stumpin' doon the rough cobble-stanes o' oor street
withoot haein' half a dizzen o' them at his tail, an' maybe

three or four hameless dogs
that aye hae a knack o' takin'
up wi' him. Havin' retired
frae active business life, he
settled doon at Crowdiehowe,
sae that he could be near
enough the sea to smell 't
ance a day at least. He lives
in a sma' bit cottage that he
ca's his cabin ; attends the
parish kirk twice on Sabbath,
and roars oot a thunderin'
bass durin' the singin', an' is
ready on the shortest notice
an' on the sma'est provocation
to indulge in a whirlwind o'
profanity on Monday. But
there are few pay attention to his swearin', kennin' it 's
juist his way, although on some occasions he sair scan-
dalised some o' the guid folk o' the parish. When the
great meetin' was held for the purpose o' gatherin' funds
for sendin' oot improved hymnals to heathen lands, the
Captain made a speech o' five meenits, concludin' by movin'
that the missionaries should try the amelioratin' effects o'
soap an' water on the heathen, an' if that did nae guid,
they micht try strychnine. The Captain wasna charitable

on that occasion. Nor was he very religious, despite the bass aforesaid durin' singin'-time, when he stormed into Farmer Broon's barn wi' a suit o' auld claes for a puir starvin' tramp wha had been got lyin' by the roadside bangin' the twa tracts—ane entitled, "Turn or Die," an' the ither, "Corn in Egypt"—oot at the back window, an' tellin' Miss Macsniggers that if she wantit to do ony guid she had better awa hame and work a pair o' stockin's for the puir sowl, an' lat ithers dose him wi' het coffee, that wad likely lie mair kindly on his stamack than "Corn in Egypt," which couldna weel help bein' foustie stuff if it had lain there frae the days o' the patriarchs. He's a queer chiel the Captain, an' is a hantle better than he is bonnie, which, to be sure, it's no' very difficult for him to be.

Lots o' curious folk bide in Crowdiehowe, juist as there are a'gate else, an' some fell stirrin' things hae happened there in my time. The sair want hitherto has been the want o' a chiel wi' time enough on his hands to record them. As I've explained at the beginnin' o' this bit paperie, the drappin' aff in the shoemakin' business has gi'en me owre muckle time, sae I'll try as weel as I can to gie an occasional screed aboot the folk o' Crowdiehowe, juist to lat the ootside world see that, if we are no' ony better than ither folk, we are no' muckle waur.

CHAPTER II.

THE LUMINOUS COO.

GUID curn months back there was a maist curious thing happened that put aboot a lot o' folk, nearly drave maist o' the auld wives o' Crowdiehowe oot o' their minds, an' has since been productive o' a guid deal o' annoyance to a fell decent young birkie belangin' to the place. I'm nae believer in spectres mair onnatural than what can be produced by a cheese supper, an' I canna say I gae muckle credit to the first whisperin's aboot what in a day or twa set a' tongues a-waggin'. A diligent siftin' o' a' the different stories that the leein' jaud Rumour had set adrift narrowed the scandal doon to the astoundin' assertion that the deil had been seen in the middle o' the minister's glebe, which was at that time in pasture. It appeared that young Geordie Simpson, a guid-lookin' chappie, wha at that time worthily filled the situation o' head-clerk an' teller o' the Crowdiehowe Branch Bank, had been takin' a bit walk oot past the manse alang wi' Miss Mary Whitesheaf, the only dochter o' oor baker, on a Tuesday nicht. It hadna been by ony means the first time that thae twa had been takin' sic a walk, an' it wisna wi'

8

the guidwill o' a' the young chields in the place that
Simpson was allooed to monopolise Mary's smiles. Mony
a ane had tried to gain Mary's favour, but she aye stuck by
Simpson, an' the unlucky chaps had just to hide their
mortification as best they could. As I hae said, the young
clerk was takin' his stroll wi' Mary, sayin' to ane anither
probably the sweet things that look sae silly to a'body
but the twa interestit, when, as they passed a slap that
opened into the manse pasture-land, they were startled oot
o' their love-makin' by seein' richt in the middle o' the field
a fearfu' form, no' unlike a coo, but glowin' wi' a luminosity
that nae merely mortal coo ever wore afore. Mary, no'
bein' a strong-mindit woman, gae a michty skirl, an' took
to her heels, an' Simpson, wi' praiseworthy gallantry, made
aff after her, dootless to protect her if the awesome thing

ventured to follow the lassie. Mary keepit up the race till
she reached her faither's shop, whaur she flang hersel' doon
on the coonter, on the tap o' a new-made Sultana cake an'
a beefsteak pie, which had been brocht in to be fired in view
o' some marriage festivities which were to tak' place next
day.

When Baker Whitesheaf saw his dochter wallowin' in

the beefsteak pie, an' Simpson starin' as if he was oot o' his mind, he jumpit to the conclusion that some by-ordinar' quarrel had ta'en place atween the twa, an' at ance takin' the pairt o' the lassie, wha, besides bein' the weaker vessel, was his ain flesh and bluid, he lat drive at Simpson's head wi' a pan-loaf, which missed the craw Simpson, an' hit the pigeon in shape o' a glass jar o' fancy biscuits, an' brocht the hale rickmatick clatterin' down on the floor. Simpson didna wait to explain, but fled to his lodgin's, whence he next day sent a note to Mr. Chequers, the banker, statin' that he wasna weel, an' dootless hid his mortification in the privacy o' his ain chamber. It wasna till Mary cam' till hersel' next day that the cause o' the collieshangie was discovered, and then it formed great reason for wonder. A' that heard the story had their ain say aboot it, and ilka ane's say was different frae anither. Some had it the twa fules had been frichtened at their ain shadows, but as there was nae mune that nicht, an' the sun had gaen doon lang afore, it was decided it couldna be that. Twa or three next day gaed oot while it was yet daylicht and saw the place where the ghaist had been seen, but they saw nae mair. The minister's three-year-auld nowt was chewing its cud as contentedly as if there wasna sic a thing as the deil or a butcher in the warld ; an', sae far as could be seen, there was nae bare patch in the field, as micht have been expected had his Satanic Majesty had the gracelessness to open a trap-door in the middle o' the kirk lands. But when nicht cam' speculation was again renewed. Twa folk cam' in aboot to Geordie Tapster's, sair in want o' something to steady their nerves, and, haein' got it, had an awesome tale to tell o' hoo they had been fleggit that nicht. They saw a great Something, like the fore-end o' a coo, wi' its head, horns, and front legs a' shinin' wi' a bluish-like glare, just for a' the warld as if it was made o' steel. A queer thing aboot it was that, though like a coo at the front, it had nae body nor hint-legs, and therefore in a' probability it had nae tail, although them wha saw it couldna particularise on that point, as they had thocht fit to mak' a bolt as soon as they saw the spectre takin' a stap in their direction.

This strong confirmation o' the story telt by the lovers the nicht afore set a' tongues waggin' again. There seemed to be something oncanny afit upby at the manse. Some there were wha thocht the apparition portended a fearful visitation on the minister, wha was believed by them no' to be sae strict as he should be. There had been a bruit aboot the town that the minister, while on his holidays the previous summer, had been seen in a London theatre, and this was believed by some as sufficient reason for the foul fiend to occupy the ministerial pastures. Others, again, were of opinion that a minister wha wad sae far forget himsel' as to bring to the annual Sabbath-school treat a man wha could mak' the deil's books nearly speak, and wha could mak' plum-puddin's in a black satin hat, and itherwise prove himsel' owre sib to the evil ane, was a minister whase views were hardly in accordance wi' the proprieties o' orthodox doctrine. But by far the maist o' the folk traced the visitation to the efforts that were bein' made by the minister to prevail on the Kirk-Session to introduce a harmonium into the kirk, and to pension aff Tam M'Scraigh, the precentor, whase gruntin' had sae lang pleased the parishioners, notwithstandin' the fearfu' faces he made when in the letterin', an' which the accompanyin' pictur' hardly does justice to.

A' the time the discussion had been gaein' on in Geordie Tapster's, Captain Groggit had been sittin' in the bar parlour, smokin' a big clay pipe, an' takin' sups at a mixture made o' het water an' sugar, an' some ither things that few cobblers ken onything aboot. He hadna said muckle, but just gae an occasional grunt, which micht mean assent or dissent or onything else. But at length an' lang he got up and gae utterance to twa words, whereof the last is the only ane I would like to use in thae highly moral pages, and it was "fools." Ane or twa o' his hearers were like to resent the Captain's remark, but he never mindit.

"Did you ever see a ghost?" shouted the Captain. "I never did, and I ain't going to lose the chance when there's one on view free of charge. I'm going up to the glebe now, and if any of you care to come you're welcome," an' aff he stumpit.

Twa or three followed, to see what the upshot o' the adventure wad be, an' likewise to hae a look at the ghaist

wi' plenty o' company, an' in due time they reached the glebe, but feint a ghaist was to be seen. A'thing was as black as a felt hat. The absence o' onything evil naturally brocht back the spirits o' them wha had been feelin' heart-sinkin'; and ane o' the crowd wha had mair drink than caution in him wad climb owre the palin' slap that formed the exit o' the park to the road, to investigate thoroughly. My certie, he got a scare! He hadna ta'en six staps to the middle o' the park, when, wi' a roar like an earthquake an'

a flash like a poother explosion, the fiery coo stood before
him. He turned to rin back to the slap, but, fast as he ran,
the spectre ran faster, an' juist as he was approachin' the
stile he felt a hard something in the vicinity o' his coat-
tails, an' he was wafted owre the pailin' afore he could say
" Jack Robinson," even if he had cared to ca' on that worthy
in his awfu' strait.

A' this occurred in a meenit, an' at the end o' the meenit
maist o' the folk made aff for hame as hard as their legs
could carry them. But Captain Groggit wasna o' that
kind o' stuff. Leavin' the ill-guided loon to the soothin'

sympathy o' ane or twa wha had stuid their grund, the
Captain grippit his stick firmly, an' owre the pailin' as fast
as his timmer leg wad lat him. Facin' up to the ghaist, as
bauld as if it had been a blue bottle in a chemist's window,
the Captain waited till it put doon its horns to serve him
as it had served the former intruder on its domain, when
whack cam' the stick owre its head. The Captain sune
discovered whether it had a tail or no, for roond gaed the
ghaist, and in the roond-gaein' its tail swung oot and hit the
Captain in the chafts on the blind side. Gruppin' the tail,
the Captain laid on in the dark whaur he supposed it wad
do maist guid, an' awa gaed the spectre, wi' a' the luminosity
ta'en oot o't trailin' the Captain ahint, wi' his timmer tae

tearin' up the grund as if it was a kind o' improved tattie-grubber. By and by the Captain had to let go. The ghaist showed nae signs o' renewin' the battle, but gaed awa to the ither end o' the field, appearing here an' disappearing there in a most mysterious manner, an' evidently sair put aboot wi' the thrashin' it had got.

At length the collieshangie had been heard in the manse, and the minister cam' oot to see what was the matter. Captain Groggit explained a' that had ta'en place, an' declared that the tail he had haen a haud o' was as beefy a tail as was ever made into soup, an' scoffed a' idea o' a ghaist. The minister brocht oot a halter, an' awa gaed he an' Captain Groggit into the field, an' after some rinnin' aboot managed to secure the ghaist, an' led it oot to the road an' roond by to the byre, where, wi' the aid o' a lantern, it was identified as the minister's three-year-auld nowt. The curious thing was that when the lantern was turned on the beast, it lost a' its glowin' appearance, but as soon as the licht was turned awa it shone oot in a' its former glory. Some thocht it was a new kind o' cattle disease, but the minister said na, an' further, that he wad see aboot it the morn. It turned oot next day that some wag had plaistered the front legs, the breist, and the face o' the puir brute wi' some new-fangled luminous paint, an' the beast bein' o' a dirty white at ony rate, it wasna noticed by day-licht. The hinder pairts o' the animal no' bein' painted accounted for the sudden disappearances, because it couldna be seen when it turned its tail towards the spectator.

There hasna been muckle said aboot the minister's hetero-doxy since the ghaist was laid.

CHAPTER III.

THE MYSTERIOUS CAT.

HERE were ither spectres flourished in Crowdiehowe at various times, an' when I am dealin' wi' ghaists at ony rate, I may as weel get rid o' them a' at ance. No' the least remarkable o' the apparitions was the ane that sae sairly fflictit the retired schulemaister o' Crowdiehowe. Mr. Strappem is a rale denty auld-fashioned dominie, through whase hands mony a weel-daein' chield has passed, and whase guid advice an' earnest counsel are remembered an' honoured by risin' men in a' quarters o' the warld, though the smart has noo left the place whereon he usually emphasised his remarks. But the dominie was ane o' the auld stamp o' teachers, an' caredna to thole the trammels o' the Code, an' the officious interference an' new-fangled fads o' the wheen billies wha schemed to be electit to be members o' the School Board when that institution cam' into existence first. New besoms aye sweep clean, an' some o' the members were sae upliftit wi' the honours that had come to them that they couldna tak' time to mak' cheenges in an easy way, but tried to sweep a'thing afore them halesale.

I dinna want to open auld sairs, but wad prefer to let sleepin' dogs lie. It is enough to say that Mr. Strappem thocht it best to resign his honoured post, an' the auld three-leggit stule that had supportit him sae lang kent his weicht nae mair. The auld man was feastit at a grand denner, on which occasion he was presentit wi' an illuminated address an' a purse o' sovereigns, the subscribers to which expression o' respect were maistly auld pupils hailin' frae a' quarters o' the kent warld. The Provost was in

the chair, an' made the presentation in a grand speech that he hasna beat since; but when auld Mr. Strappem began to tell o' his gratitude for their present and past kindness to him he fairly broke doon. It was owre muckle for him. He managed to stammer oot twa or three words, an' then the saut tears cam' rinnin' owre his cheeks, an' he wha had made hunders greet for their guid wi' weel-laid-on pawmies was himsel' greetin' like an aucht-year-auld laddie wrestlin' wi' the agonising intricacies o' the reasons annexed to some o' the Shorter Catechisms. There was evidently mair than words stickin' in his throat, an' as he drew the back o' his hand owre his een, the Free Kirk precentor thochtfully cam' to his rescue, and covered his confusion by thunderin' out the openin' notes o' "The Battle o' Stirlin' Brig." But later in the nicht the auld man cam' till himsel', and when he rose to propose "The Commercial Interests o' Crowdie-howe"—to which toast Mr. M'Nab, the auctioneer, was to respond—he showed that the eloquence which had commanded the attention o' twa generations o' young folks wasna hung up wi' the tawse, an' he made a speech o' sic a spirit-stirrin' kind that twa toddy tumblers an' a het-water jug were broken wi' the tumultuous applause that greeted his peroration. An' sae Mr. Strappem retired to enjoy his weel-earned rest, happy iu the possession o' the respect o' a'body in the parish. He taught nae mair, if I except the lesson that the example o' a guid life aye teaches, but relieved the tedium o' his learned leisure by trokin' aboot in his cottage garden an' raisin' a crap o' calceolarias, asters, an' ingins that couldna be beat onygate—no' even in Markinch.

But wha o' us will daur to say that we will retire into private life, and sae end oor troubles? No' ane. The sodger may leave fechtin' to be dune by younger men— mayna hae ony langer to bear the fatigues o' hard marches an' scant rations, an' may sleep soondly in a four-posted bed at nicht withoot the likelihood o' being waukened frae his sleep by the sharp ping o' a bullet as it whistles through the air, or the hoarse blare o' the bugle as it summons him to the front, an' maybe to death; an' yet ony day he rins the risk o' being laid oot cauld an' stiff by a clip frae a broken chimney-can, or haein' baith his legs broken by the boisterous eccentricity o' a butcher's cart. The sailor may leave the sea, wi' its cauld nichts, its weet skins, its ragin' storms, an' its hunder ither perils, but what guarantee has he that his wife winna be a cantankerous soul wha will mak' his retirement as disagreeable as ever Boreas made his experiences on the deep? The statesman may leave the wranglin's an' worries o' the Hoose o' Commons, an' retire to the "quiet atmosphere o' the Upper Chamber," but he has nae certainty that the Deceased Wife's Sister or some ither body winna keep him oot o' his bed as late as ever the Home Rulers did. Even I mysel' micht retire into private life, an' pit on my shutters, but what's to prevent me bein' fashed wi' deputations an' requisitions to stand for Parliament or the Parochial Board or something—an' what pleasure wad I hae in my life then? Na, na. Naebody can mak'

sure o' the future ; an' as it is wi' a'body else sae was it wi'
Mr. Strappem. He couldna shak' aff his crosses as he could
shak' aff the multiplication table, an' sae in his retirement
he had his cares an' troubles.

And Mr. Strappem's trouble was—cats. Black cats an'
blue cats, red cats an' grey cats, yellow cats an' white cats,
tortoiseshell cats an' cats o' a' ither combinations o' colours
that ever were kittened—cats wi' lang tails an' short tails
an' nae tails ava a' combined an' conspired thegither to
tease an' worry the puir dominie. But the head-centre an'
chief conspirator was a great big black animal o' the Tam
persuasion, that could cram mair bluid-curdling agony in a
yell than ony ither twa o' its species. A' that Strappem
could do he couldna keep that black cat oot o' his garden,
an' maist folk wha hae a bit plot ken the amount o' mischief
a healthy cat wi' a malevolent turn o' mind can mak' in the
coorse o' a few minutes. The dominie had set rat-traps an'
ither cunning instruments o' destruction wi' a view o'
encompassin' its death, but a' to nae purpose. Ilka ither
day he wad stap ootbye to his garden to discover a new
sorrowfu' sicht to harrow his feelings—a bed o' ingins or
something else a' pawed up an' scattered owre hauf o' the
coonty, an' his traps an' snares wad be sittin' rampant wi'
neither hilt nor hair o' a cat in them. It wasna the faut o'
the traps an' snares either, for ane o' the latter had proved

its efficiency by nearly hangin' a young pig that had
escaped for a meenit or twa frae the dominie's cruive ; an'

although the wary grimalkin had gi'en the traps a wide berth, Mr. Strappem had failed to follow its example, an' had sairly misguided his ain cuits by accidentally pitting his fit into them, he bein' somewhat short-sichtet—due, dootless, to close application to study in the days o' his youth.

But Mr. Strappem was determined to circumvent that cat, an' if cunnin' failed brute force wad be tried. He accordingly loaded an auld gun wi' gunpowther, crammin' in after the powther a puckle roosty screw-nails an' auld tackets, an', takin' his way doon to a wee summer-hoosie where he could command a full view o' his garden, he cockit his gun and bided his time. His time cam' ere lang, an' sae did the cat's. Baudrons had just climbed to the tap o' the dyke, an' haen time to gie ae caterwaul o' satisfaction at the fine prospect its elevated position afforded, when the dominie got sicht o' it against the sky-line. Pittin' the gun to his shouther, he took deliberate aim, an' puin' the trigger, the screw-nails gaed blatter aff ae way while the schulemaister gaed aff the ither wi' the recoil o' the gun. Amid a crash o' brackin' sticks an' flower-pots the dominie heard a weird an' dismal wail, an' then heard nae mair, for the auld summer-hoose had succumbed to the shock caused by the explosion, an' had sailed grandly doon on the tap o' him. The neigh-bours hurried in, an' in coorse o' a short time twa or  three hunderweicht o' firewood was liftit aff Mr. Strappem, when it was discovered that he had faintit. Luckily Mr. Strappem was mair frichtened than hurt. Nae banes were broken, and some salve to the skinned places was afforded when he cam' till himsel' by the comfort o' seein' the cauld an' stiff carcass o' his enemy streekit at the fit o' the dyke. As the auld schulemaister swung the corpse owre the dyke by the tail, he reflectit wi' considerable satisfaction that the brute wasna likely to disturb his or ony ither body's bed o' ingins again. Sae after a survey o' the wrecked summer-hoose, an' some advice aboot the quantity o' powther he should use next time he loaded his gun, the neighbours departit their several ways to mind their ain business, leaving the dominie to look after his.

But the schulemaister wasna dune wi' that cat yet. Next nicht, while takin' a daunder roond the garden afore gaein' awa to his bed, he chanced to look up at the part o' the dyke whaur the tragedy o' the nicht afore had ta'en place, an' there, to his amazed horror, stood the very identical black cat—or its ghaist—wi' its head erect an' its tail stickin' up in a maist aggressive way. The schulemaister rubbit his een, dumbfoondered, but wasna lang o' jumpin' to a conclusion aboot the apparition. He had heard o' weel-authenticated cases o' spirits risin' frae the dead in the Bible an' elsewhere, but he had never heard o' a cat wi' a weakness for scartin' ingin-beds showin' mair than mortal pooers, an' risin' up again after gettin' as mony screw-nails into its body as the maist liberal undertaker wad alloo to ony ordinary body's coffin. Nor did he believe in the auld freit that cats had nine lives. He was quite convinced that a cat that was ance thoroughly dead was through wi' a' the cares o' this warld, whatever struggles wi' bricks an' buitjacks it micht hae in the next; an' as he was sure the cat o' the nicht afore had been duly an' thoroughly gaithered to its fathers, he concluded that this specimen o' the tribe was anither black cat, as like the former black cat as it was possible for twa black cats to be. Sae in he slippit to the hoose, determined to try the effect o' some mair screw-nails. Mr. Strappem was careful on this occasion no' to be owre misleard wi' the powther, an', after loadin' the gun, oot he cam'. The cat had never moved frae the spot whaur he first saw it, sae, selectin' a place clear o' a' summer-hooses whence to tak' aim, he again pu'd the trigger, an' bang gaed the gun, if no' wi' sae dire results as his previous nicht's shot, at least wi' some as astonishin'. The cat, instead o' drappin' doon dead, as it should hae dune if it was shot, or o' makin' its feet its friends, as it certainly wad hae dune if it had been missed, began to birl roond sidyways, like the circus laddies when they are gaein' heels owre heads like cairtwheels. But the cat showed far mair agility than the cleverest laddie could do, for it gaed roond at aboot the rate o' a hunder times a meenit. At length it stood still ance mair on the exact spot whaur it was afore, an' wi' its head erect an' its tail as defiant as ever. Mr. Strappem was amazed. He loaded his weapon again, an' a second time let blatter at the brute, wi' the same birlin' result ; but when the cat settled doon again into a state o' repose it was evident that it had suffered somewhat frae the dominie's bombardment—only twa legs an' a stump bein' left to support the dignity o' the still erect head and still defiant tail. The dominie was almost prepared to withdraw his scepticism regarding the vitality o' cats, but before giein' up his attempt to kill it in despair, he taen the advice o' some o' the neighbours wha had been attractit by the firin', to try to rout it wi' a charge o' bayonets. Seizin' a hoe which was stickin' in the grund close by, he made a smash at the beast wi' the effect that it jumpit straucht up in the air aboot three feet, an' then cam' clump doon on the selfsame spot o' the dyke again.

. This was owre muckle for the dominie to stand, an' haulin' alang a pair o' steps, he summoned Mrs. Strappem oot wi' a cannil. Climbin' to the tap o' the dyke, he took haud o' the cat, which he found to be stiff an' cauld, an' rather rough aboot the skin frae the assortment o' screw-nails stickin' oot at its sides, an' in tryin' to haul it doon he solved the mystery. Some irreverent laddies, wha kent that the dominie had killed the cat the nicht afore, had got the carcass lyin' ootside the dyke. Their evil disposition had temptit them to tie a string to a telegraph pole at ae end o' the dyke, an' anither bit to a branch o' a tree at the ither end. Ane o' the strings was tied to the tail o' the deceased pussie, an' ane to the head, sae that the beast hung in a no' very unnatural position atween the twa strings wi' its paws restin' on the tap o' the dyke. The dominie took doon the cat an' used it as a fertiliser. Its ghaist has been seen nae mair, nor is it likely that its banes will be seen either, unless some future antiquary comes grubbin' roond on the site o' Mr. Strappem's garden, digs up its remains, an' constructs a theory that the ancient Britons were in the habit o' buryin' hauf a hunderweicht o' screw-nails wi' dead cats as a mark o' respect to them when they joined the majority o' their race.

CHAPTER IV.

TAM PEARSON'S SCARE.

WHEN a body comes to think o' it, it is a maist curious thing that when a subject is ance startit, hoo muckle can be said anent it, and hoo difficult it sometimes is to get awa frae it. I'm beginnin' to learn that it is wi' writin' no' very different frae story-tellin' roon' the fireside. When ae chiel tells a story it reminds some ither body o' something like it, or unlike it, that happened to him or in his ken, and the second story reminds some ither ane o' something else, an' sae the crack gaes roon' an' roon', an' spins oot langer and langer. I began wi' the intention o' gossipin' aboot the folks o' Crowdiehowe, an' in spite o' the fact that I hae nae belief in ghaists, an' hae made nae study o' psychic force or ony ither kind o' force that exhibits nae higher intelligence o' its usefulness than in rappin' dooble knocks on folk's kitchen tables, or in ca'in' doon dishes oot o' plate-racks, or in ither feckless amusements that do naebody nor naething guid—if I except the crockery shops —an' probably never will—in spite o' thae facts, I was gaein' to say, I hae had my intentions shuntit aff their track an' twistit into the direction o' things awesome, an' here hae I wastit muckle valuable paper an' ink, no' to mention the

23

space o' thae pages, wi' twa chapters aboot ghaists, an' yet feel mysel' constrained to scrieve aff anither ane on the same mysterious an' gruesome subject.

There was a wheen strollin' players wha pitched their show at Crowdiehowe twa or three years syne, an' dealt oot twopence-worths o' blue-fire tragedy to the lieges for a fortnicht, sair to the disgust o' some o' the mair piously inclined among us, wha thocht that to patronise the wickedness o' a wooden theatre was a sad snare an' a backslidin'. I canna say I am a great admirer o' that kind o' show mysel'; but on the occasion I 'm speakin' o' I saw naething greatly wrang wi' it. It was fell weel patronised by the grown-up halflins roon' about, an' maybe the warst feature o' it a' was that a lot o' the younger bairns spent mair time coolin' their lugs at the cracks in the wood o' which it was built than was guid for them, in the hopes o' hearin' something o' what was gaein' on inside. I maun confess I was

ance in the place mysel', no' frae ony curiosity to see the actin', but a' in the way o' business. I had got a pair o' buits to sole and heel for ane o' the actors, an' I thocht it best to mak' a personal delivery o' the repaired articles sae that I micht mak' sure o' the siller—show-folks gettin' the reputa-

tion o' bein' kittle and slippery customers to deal wi'. After
gettin' my bawbees I decidit I micht as weel stay till the
end, an' I maun say that the proceedin's were decently con-
ductit an' somewhat divertin', if I micht judge frae the
applause an' laughter o' the assembled Jockies, wha seemed
to enjoy their twopence-worth o' drama wi' as muckle zest
as better-aff townsfolk could enjoy their half-croon's-worth
in some o' the bigger theatres o' large towns. The only
thing I noticed aboot the show-folks that I couldna say I
was fond o' was maybe no' their fau't, puir souls, an' that
was that they were gey ill put on. Maist o' them were
clad in an unca cauld an' thin-like way, an' lookit as a rule
as if they were sair scrimpit in their meat. They micht
revel in the glories o' bein' kings an' queens, an' dukes an'
earls, bedecked wi' jewels an' furs an' fine claes in great
profusion at nicht ; but wow, wow, they were sair in want
o' a puckle needfu' haps in the day-time, an' there were
opportunities o' ventilation aboot maist o' their garments
that cudna fail to be cauld if it was healthy. The women
folks were better aff than the men, for ilka ane o' them had
a muckle ulster that covered them frae head to fit, an'
dootless, like charity, hid a multitude o' sins against the
fashions, for their bonnets were unca dowdy, an' their buits
were maist a' doon at heel. When the strollers made their
ways aboot the village, it was generally surmised frae their
appearance that the drama had fallen on evil times, an'
that, if the actors were transgressors, their ways were hard.
Ane o' the leddies o' the company only made ae appearance
in Crowdiehowe—the first nicht the show opened—for
reasons that 'll maybe be gathered in the coorse o' this
somewhat ramblin' yarn.

Amon' the audience the first nicht the show opened was
Tam Pearson, a fell sturdy chiel, wha had for twa year or
sae been drivin' the second pair o' horses on the farm o'
Tattiepits, tenanted by douce David Davidson. David was
an' elder o' the kirk, an' was fient a hair the waur o' that,

except maybe that he was a wee strict amon' the young folk, an' was inclined to set his face against the lichter amusements o' life. He was a guid-heartit, decent body, an' his wife was just sic anither, an' nae puir waif was ever turned awa frae their door empty-handit. This indiscriminate guid-heartedness o' Tattiepits, as he was familiarly ca'd, wisna weel likit by lots o' his neighbours, an' baith he an' his guidwife were found fau't wi', on the plea that their actions were likely to tend to the encouragement o' stravaigers, but the twa ne'er fashed their thooms what ither folk thocht. They aye made the excuse that they wad raither gie a bannock to ilka ane o' half a dizzen wha didna deserve it, than that ae hungry belly that did deserve it should be turned awa withoot a bite. An' sae they continued to please themsel's in spite o' a' criticism. They lookit for nae reward o' their good deeds but the comfort o' an approvin' conscience, an' if they didna hae that, it was mainly due to the fact that they were owre modest to let their conscience uplift them. Tam Pearson, their second hand, was a sensible enough young birkie o' aboot twa-an'-twenty. He had been in-by at me after lowsin'-time to get the measure o' his feet for a new pair o' buits, an' haein' some leisure on his hands, he had gaen owre to the show afore takin' his way hame to Tattiepits.

Tam was nae believer in ghaists. He had heard ghaist-stories enough, but as he had never seen onything oonearthly himsel', he was inclined to be a sceptic ; but on the occasion o' his veesit to the travellin' theatre, he had his attention turned raither prominently to the subject. The piece played that evening had a full supply o' murders in it, an' as the ghaists o' a' the deceased persons held a grand review an' march-past in coorse o' the third act, wi' a view to harassin' the mind o' the heavy villain, Tam had enough o' spiritual things to think aboot, though he kent brawly they were only mak'-believe ghaists. There was ae ghaist in particular which riveted Tam's attention—that o' a pallid-looking leddy

in white, wi' a straik o' bluid across her breist, an' as he
made aff hamewards after the show cam' oot, do as he
likit, for a time the figure o' that leddy wad come into his
thochts, while he whiskit the bit switch he carried in his
hand amon' the broon leaves on the hedges by the roadside
an' bravely whistled a bit lilt to mak' him step the brisker.

But as it happened, the spectre o' the white leddy was to
be driven oot o' his head by an apparition o' a mair pleasin'
kind—the sudden appearance o' Maggie Sandeman, the

housemaid at the doctor's hoose up-by. Maggie was a
strappin', rosy-cheekit lass, an' blithe as she was rosy, an'
wi' jokin' an' harmless daffin' the shilpit face an' ghastly
look o' the leddy wi' the bluidy straik across her breist
was sune forgotten by Tam as he accompanied Maggie up
the loan that leads to the doctor's. The general opinion is
that Tam got a kiss for gaein' aff his road to escort Maggie,
an' the opinion is likely to be correct, for afore the twa

pairtit he promised to look owre-by early in the forenicht twa nichts later. Little did he think, puir fellow, that he wad look owre-by that very nicht.

Tam got hame a' safe an' soond, an' creepit awa up the trap which led to the cosy laft aboon the stables, which formed his sleepin' apartment at that time. The bothy had fa'en into a state o' some disrepair, sae the laft had been cleared oot, a' the hay put to the compartment at the ither end aboon the coo-house, an' a nice bit roomie, a'thing considered, was the result. It had its disadvantages, it is true. When ony o' the horses gae their heads a toss the rattlin' chains made an unca din, but folk get used to din ere lang, an' the rattlin' o' the chains was a kind o' lullaby to Tam afore he had sleepit three nichts in his new bed. An occasional rat or moose wad scamper across the floor, but when they saw Tam they sune made themsel's scarce.

Maybe the warst disadvantage o' a' was the lowness o' the roof an' the rafters, an' when Tam paid extra attention to his personal adornment, an' tried to preen on his collar straucht, he had to put his head up atween twa o' the couples afore he could get a keek at himsel' in the crackit bit lookin'-gless he had fastened to the wa', an' which had the peculiar property o' makin' his chin an' the lower hauf o' his left cheek look as if they were divorced frae the ither pairts o' his naewise ill-faured coontenance. Or when the wind whistled wild at nicht, or a by-ordinar' storm o' hail or rain cam' reshilin' doon, the soonds aboon lookit as gin the deil an' a' his imps were beatin' their tattoo on the tiles; but nane o' the rain

cam' in, an' it's possible to hae a happy heart on a rainy
nicht if the body gets plenty o' scoug. The biggest dis-
comfort Tam had ever haen heretofore was ae nicht when
he was waukened by a strangely weird groan. He listened,
an' heard a mysterious something walkin' aboot the wooden
floor o' the laft, but nae mortal footstep he had ever heard
afore made sic a noise. It hadna a solid soond, as if it was
a human fit wi'. a buit on it, nor had it the pad-pad-like
soond o' the fit o' a dog. It appeared, for a' the warld, as
Tam afterwards said, as if a hen was gaein' aboot the floor
on wooden stilts. Tam got up to investigate, an' wasna
lang o' discoverin' the cause o' his wonder to be nae mair
nor less than a soo that had got oot o' the cruive, an', bein'
o' an' aspirin' turn o' mind, had climbed up the trap-stair,
an' was busy potterin' aboot, investigatin' the domestic
arrangements, when it waukened Tam. What happened
to the soo afterwards was vaguely suggested by the remark
Tam finished wi' when tellin' the story—" I dinna ken hoo
mony staps it taen to come up the stair, but I ken hoo
mony it taen to gae doon."

Tam shut the door o' his end o' the laft, an' sat doon at
his bedside to lowse his buits aff. This operation was aboot
hauf completit to ane o' the buits when he thocht he heard
what he taen to be a deep-drawn sigh, comin' apparently
frae the apartment on the opposite side o' the trap stair-
head, where the hay had been stowed awa. Tam stoppit
lowsin' his buits an' listened. He was satisfeed the noise
hadna been made by a coo, nor was it ony o' the horses
doon the stair. It was owre like a human sigh to hae
come frae ony o' them. Tam for a meenit thocht o' the
soo again, but only for a meenit. He kent that swine
dinna show their emotion in that way. Besides, as he
listened intently, he was sure he heard whisperin'. Creepin'
to the door, he cautiously crossed the head o' the stair, and
throwin' open the door o' the ither room, he saw a sicht
that made his bluid rin cauld. Stannin' full in the glare

o' a stream o' munelicht that lit up the dingy garret, bein'
admittit by a couple o' glass tiles in the roof, Tam saw the
pale-faced leddy in white, wi' the bluidy straik across her
breist, while close by her was a man that lookit no' unlike
the heavy villain wha had committit sae mony murders at

an earlier pairt o' the evenin'.
The gruesome sicht was owre
muckle for puir Tam, wha tint
his sense, gae a yell, an', stappin'
back, missed his fittin', an' gaed
heels owre head doon the trap—
takin' the same number o' staps
the soo had ta'en—ane. Tam
gathered himsel' up at the
bottom in hot haste, an' gaed
rowtin' across the yaird to the
farm-hoose, whaur he sune
turned oot Mr. and Mrs. David-
son, wha hadna yet gaen to their bed. Here Tam laid aff
his story aboot the awesome sicht he had seen, but Mrs.
Davidson cleared up the mystery by tellin' her husband
an' Tam that twa o' the show-folks wha had failed to get
lodgin's had pleadit sair wi' her to let them sleep amon' the
hay, and that she had consentit withoot tellin' her husband
for fear he wadna approve o' her action.

But the worries o' the nicht werena owre yet. A meenit
or twa after Tam had got his story telt the heavy villain
made his appearance, lookin' as if he had just seen a ghaist
too. The villain's mission was nae murderous ane. His
wife had got sic a fleg wi' Tam's skirl and subsequent fa'
doon the stair that she had ta'en ill, an' he speired anxiously
whaur he could get a doctor. Tam was glad to offer his
services to rin for ane, that he micht cover his confusion at
bein' sae scared, an' aff he set for the medical man. Mrs.
Davidson, like the mitherly body that she is, gaed aff to
the hay-laft to see what she could dae for the puir woman

in her straits, an' afore the doctor an' Tam had got to the
farm again the woman had been carried across to the farm-
hoose, cosily beddit, an' the heavy villain had been presented
wi' anither wee moothie to share the sma' modicum o' meat
that was the ootcome o' his nichtly atrocities. The show-
folks had to do wi' a ghaist fewer the remainder o' the fort-
nicht they stoppit in Crowdiehowe, an' when they gaed
awa the mither an' the wee stranger were able to gae wi'
them, thanks to the kindly nursin' o' Mrs. Davidson.

About eighteen months after the nicht that Tam Pearson
saw the ghaist, a box was delivered at Tattiepits, which, on
bein' opened, was discovered to contain a fine tea-pat, a
coffee-pat, a sugar-bowl, an' a cream-jug, a' made o' silver.
A little boxie was packit alang wi' it, in which was a fine
strong silver watch. A letter accompanyin' the articles
explained that the tea an' coffee set was for Mrs. Davidson,
as a slight token o' gratitude to her for her kindness to twa
friendless waifs at a time o' their greatest need, an' that the
watch was for Mr. Thomas Pearson, as a memento o' the
nicht he had to rin for the doctor to an onweel ghaist. It
was never kent wha the heavy villain and the ghaist were,
but it was generally supposed that the twa young folks had
made a rin-awa match, an' had ta'en to play-actin' for a
livin'. That better times had owreta'en them was evidenced
by the handsome way they had shown their gratitude.
After the news aboot the presents had oozed out in Crowdie-
howe, a blue-faced monkey wi' its tail snackit aff wad hae
gotten lodgings frae 'maist onybody in the toon for the
seekin'.

CHAPTER V.

HERE need be nae doots entertained that there is sic a thing as gratitude amon' tramps, if a body could but licht on the kind that wad show gratitude when they had a chance, as Mrs. Davidson o' Tattiepits did on the occasion that Tam Pearson was sae badly scared. But for ae tramp that entertains ony gratitude for five meenits after a guid turn is dune him, there are hunders wha dinna hae the means o' showin' gratitude even if they did entertain it, an' thoosands wha wad think that exhibitin' gratitude was just a way o' declarin' to a' the warld an' his wife that they were daft. It tak's a' kinds o' folk to mak' a warld, an' it even needs a fell guid mixture to turn oot a fair average specimen o' sic a commonplace, everyday affair as a puirhoose. If some o' the big folks wha get up Health Exhibitions an' Fishery Exhibitions wad mak' an effort to get up an exhibition o' the wauf-lookin', gangrel bodies wha gang stravaigin' through the country ettlin' to reap whaur they didna sow, I'm thinkin' there wad be a varied show, an' no' withoot interest either. There micht be a big preponderance o' the

32

warst kind amon' the exhibits, but that's juist natural, an'
decidin' which was guid an' which was ill wad depend
greatly on the taste an' fancy o' the judges. Tak' ony
crood ye like, my gentle or simple reader, an' average them
up, an' tell's what ye think o' them. Gang to the kirk or
to the market, an' coont hoo mony guid
folks are there forby yersel'. Get your
next neighbour to coont them after ye
hae dune it, an' dinna be surprised
though he mak's oot that the knaves
number ane mair than you coontit, by
reason o' yer haein' considered yersel'
as no' belangin' to that numerous class.
Sae is it wi' tramps. It's ill judgin'
whan ye hae a guid ane or an ill ane.
There are some o' them ill-lookin', hang-
dog tykes, an' yet their hearts loup
lichtly at the lauch o' a bairn ; an'
there are ithers wha can fawn an' smile
an' look guid wha are mean enough to
steal the tail frae a mangey dog. There
are some wha, wi' lang daudin' aboot
the country, hae lost a' sense o' dignity,
an' will tak' kicks or cookies wi' equal
indifference, an' ithers there are wha
hae feelin's as sensitive as a corny tae. Some there are
whase bits o' duds are as weel ventilated as a lichthouse ;
an' some there are—warst kind o' a'—whase claes are bonnie
an' braw, an' whase jewellery is nane the less gorgeous to
the gaze that it is made o' the same material as their coon-
tenances.

Ane o' the latter kind o' tramps was the cause o' muckle
sorrow to ane o' oor neighbours something less than a hunder
years syne, an' was at the same time the cause o' a hantle o'
snicherin' amang the mair thochtless, some gratification to
the spitefu', an' a feck o' unspoken sympathy amon' that

guid-heartit class wha are aye ready to gie sympathy with-
oot inquirin' owre closely into the past record o' the
unfortunate bein' wha needs it. The victim o' the incident
was Miss M'Snaffle, a maiden lady, wha had reached a very
uncertain age withoot haein' committed matrimony. An'
afore I write anither dizzen words I wad like to put on
record my sincere respect an' warm admiration for the
great band o' unmarried womankind wha gang through the
warld actin' as kind-heartit aunties to ither folk's bairns, an'
spreadin' a halo o' helpfu' sympathy on a' aroond them.
I've kent sic women, leadin' an unselfish life, actin' as guid
advisers to the unwary, helpers to the needfu', an' com-
forters in the time o' affliction, an' wha in the winter o' life
hae haen their hearts cheered by the love an' respect o' a'
aroond them. But haein' said this muckle, I maun confess
that Miss M'Snaffle wasna o' that kind. Na, na ; she was
a different sort o' bird a'thegither. Bairns were her abomina-
tion, an' she conductit hersel' towards them as if it were
her belief that creation could get on better withoot them,
which a'body kens is ridiculous. An' the bairns seemed to

be weel enough aware o' her
dislike, an' resentit it, for
her windows were aftener
broken an' her pear-tree
aftener harried than those
o' ony ither body, wi' the
result that hardly a week
passed but some unhappy,
wilfu' youngster was catched
by Miss M'Snaffle, an' towed
by the lug in solemn pro-
cession into the presence o'
an angry parent, there to
receive due punishment for his crimes. Nor did Miss
M'Snaffle solely confine her activity to skirmishin' wi' the
weans. She was juist a walkin' register o' a' the scandal o'

the parish. A'body's fau'ts were carefully inventoried, an'
keepit ready for handy reference, an' a'body's business was
better kent to Miss M'Snaffle than it was to themsel's.
She was sae rigidly virtuous that she keepit Crowdiehowe
in het water, an' there wasna onybody wha cam' in contact
wi' her but tint a' pleasure in their life. There will be
some wha think I am severe, but I declare I am only just.
The short an' the lang o' it is that she was a din-raisin'
harridan, an', on my honour as an honest man, I declare I 'm
no' moved to record my opinion ony mair severely in con-
sequence o' haein', on mair occasions than ane, borne the
brunt o' her ill-scrapit tongue. Miss M'Snaffle had a weak-
ness for cats. There were five cats permanently on the
staff, an' at antrin times the five were indefinitely multi-
plied by the advent o' kittlin's. Her five cats selectit my
henhoose an' ither ootdoor premises as convenient places to
haud concerts at ontimeous 'oors, an' played cantrips in
my garden that wad hae made a saint lose his temper, an'
when I made plaint to their owner aboot my discomforts,
her answer was far short o' an apology. But there's enough
been said to show hoo the stushie in which Miss M'Snaffle
cam' aff second best produced mixed feelin's amon' the
community.

A tremendous swell cam' to bide at Crowdiehowe at the
time they were buildin' the new railway brig, an' he sune
by his big ways taen the haill place by storm. Masher
collars didna exist at that time, or maybe they werena
fashionable, for, if they had been, oor swell wad hae been
sure to hae haen them, as he was maist remarkable for
wearin' a'thing that had the stamp o' fashion on it. He
lived for a week or twa in lodgin's wast by a bit, but ere
lang he by some means or ither got acquaint wi' Miss
M'Snaffle, wi' the result that a flittin' was made to that
leddy's domicile, an' there he ta'en up his abode. I maun
say for him that he was a weel-faured-enough chiel, an-
seemed to be about forty years auld, I haein' ample oppor-

tunities o' studyin' his appearance frae the fact that my
garden marched wi' that o' Miss M'Snaffle. As there was
only a palin' an' a strip o' sauchs atween her place an' oors,
there was naething to hinder me seein' Mr. Messon, as he
ca'd himsel', daunderin' back an' forrit at the fit o' the yaird,
smokin' his fancy wooden pipe in the evenin's, while cogi-
tatin', dootless, hoo he wad overcome some great engineerin'
difficulty in connection wi' the buildin' o' the brig.

Maitters gaed on brawly for a while after Mr. Messon
had ta'en up his abode at Miss M'Snaffle's—indeed they
got on better than they did afore he gaed to bide wi' her.
Either the loons wha staned her cats an' broke her windows
had desisted frae active warfare, an' decided to lat her alane
in future, or else the leddy had allooed her vigilance to
sleep. At a' events, there were fewer collieshangies, an' the
squeals o' the chastened youth o' Crowdiehowe were less
frequently heard in the land. There was even a mair
pleasant expression on the heretofore somewhat cruety face
o' the dame, an' ae day she condescendit to mention owre
the palin' to Mrs. Bradawl that "it was a fine day."
Dootless it was a fine day, but it was nae finer than ony
o' the ither three hunder an' eighty-seven days which had
slippit into the forgotten past since a somewhat heated
interview had ta'en place aboot a borrowed washin'-tub aff
which a gird had fa'en, an' aboot which three hunder an' odd
fine days nae criticism had been made. It was noticed,
tae, that a weddin' which was aboot to be consummatit in
the neighbourhood hadna formed for Miss M'Snaffle sic a
fertile opportunity o' misca'in' a' concerned in it as past
events o' a similar nature ; and, indeed, when she was
approached on the subject by ane o' her cronies, she tossed
her head an' remarked that there was nae sayin' wha micht
get married noo-a-days, an', for her pairt, she " didna think
folk should hae sae muckle to say aboot folk at sic a time."
Truly the advent o' Mr. Messon had a maist amelioratin'
effect on Miss M'Snaffle's temper !

Ae nicht, at the conclusion o' a busy day's wark, I mindit juist afore I made ready for my bed that ane o' the buirds at the tap o' the swine's cruive had been ca'd aff that mornin', an' that I hadna put it on again. Sae I decided to gang oot an' gie it a hammer on, sae that gussie wad be mair comfortable if it cam' on to rain through the nicht. As I gaed my wa's doon the palin' side in the munelicht, I heard somebody speakin' in the next garden, but paid nae attention till I heard something like a cheep, an' it no bein' nestin'-time, I thocht I wad like to ken wha the cheeper was. I gae a keek through the spars o' the palin', an what should I see but Miss M'Snaffle an' Mr. Messon sittin' cheek-by-jowl on the auld garden-seat, the latter wi' his airm roon' the by nae means jimp waist o' the leddy, while she ever an' anon took some refreshment in the shape o' an occasional smoorich, which fully accoontit for the cheepin' I had heard. I canna say that Messon appeared to be derivin' muckle pleasure frae her lovin' demonstrations, an' the gruesome face he exhibitit in the munelicht when Miss M'Snaffle wasna lookin' was evidence that, if there was ony love in the transaction, it wasna on his side. But he was cautious to appear pleased when she was lookin' at him, an' sae she was nane the wiser aboot his glum kind o' love-makin'. When a man o' forty tak's up wi' an auld hizzy o' sixty, it is mair than likely that he has an e'e to some advantages that dinna come under the list o' what are ca'd personal attractions; an' I hadna the least doot that he was blawin' in her lug merely that he micht get control o' the wheen bawbees that a'body kent she was possessed o'. That the silly auld fule didna see this for hersel' was sae amusin' to my mind that I cudna help lauchin', although I did my best to mak' the lauch look as near like hoastin' as a human bein' could withoot chokin' himsel'.

The noise I made alarmed them, an' the consciousness o' the possibility o' them bein' observed gae them sic a start that they baith gaed back owre the garden-seat, crashin' into a bed o' rhubarb, an' smashin' guidness kens  hoo mony stalks aff the plants. There was a deal o' foolishness aboot their looks when they gathered themsel's up an' scuddled awa into the hoose. Next Monday the toon was ringin' wi' the great news that there was a pur- pose o' marriage atween · William Messon, civil en- gineer, an' Susan M'Snaffle, spinster !

But there are as mony slips atween the banns an' matrimony as there are atween the cup an' the lip, an' lang as Miss M'Snaffle had waitit, her time wasna yet come. The waddin' was to hae ta'en place on the Friday o' the second week after the "cries" had been put in, but on the Monday o' that week a blackaviced, sharp-lookin' mannie, wi' an e'e like an eagle, cam' to Crowdiehowe, an' manifestit considerable interest in the welfare o' the place an' some o' its inhabitants. I saw him passin' alang the street in the forenoon, but after dinner he drappit into my shop. I bustled aboot, thinkin' I had secured a customer, but I sune found oot that he had nae intention o' giein' me an order. As he seemed to be merely anxious for a twa- handit crack, I wrocht awa at the job in hand, aye keepin' the tail o' my e'e on the till, however, for, although he was weel enough dressed and appeared respectable, a body canna be owre cautious wi' strangers. My visitor took a seat on the edge o' the coonter, an' discoorsed a hantle o' general information aboot things in general. He appeared to tak' a lot o' interest in the new railway brig, an' onything I could tell him aboot the workmen engaged on the under-takin', an' seemed to be gratified at the information I was able to impart. Of coorse, as is natural, I tried to find oot what brocht him to Crowdiehowe, whaur he cam' frae, an' what he was, but I canna say I was muckle the wiser for my speirin'. He was aye ready enough wi' his answer, and he was ceevil enough, but he had a neat way o' seemin' to answer a question withoot tellin' onything that couldna fail to be usefu' to him in places like Crowdiehowe, whaur they wad speir the tail frae a cat. The stranger daundered awa doon the street, wi' his thooms stuck in at the oxters o' his waistcoat, as if he didna care for onything or onybody. Aboot gloamin' I noticed Messon, wha had been awa takin' levels at an embankment alang the line a piece, comin' alang the street. Juist as he was puttin' his checklock key into the keyhole o' Miss M'Snaffle's door, my mysterious visitor was alangside o' him like lichtnin'. They seemed to be acquaintit, though they didna shak' hands, an' they baith gaed into the hoose thegither. A dog-cart cam' up to the door frae the hotel, an' in a meenit or twa Messon an' the sharp-e'ed chiel cam' oot, lookin' as fond o' ane anither as brithers, they gaed sae close. In mountin' the back end o' the machine, Messon was carefully assistit by the stranger, an' aff they rattled like stour to catch the hin'most train that gaed frae the next toon that nicht. It wasna till next day that it ooze'l oot that my sharp-lookin' visitor o' the day afore was Mr. M'Levy, an Edinburgh detective, an' I couldna help lauchin' when I heard it, an' I mindit o' my watchin' him in case he had designs on the till. Messon had been arrestit on a charge o' bigamy, just in the very nick o' time to prevent the scoundrel displaying still further contempt for the solemn bonds o' matrimony by committin' trigamy.

Puir Miss M'Snaffle was in a state to be pitied aboot the affair. It turned oot that the dishonest rascal had never paid her a bawbee for his lodgin's, an' that besides, by the deceitfu' promise o' marriage, he had wiled oot o' her fingers several sums o' lent money. She was never able to haud up her head again, but speedily selt aff a' her furniture, an' left wi' a greatly chastened an' subdued spirit for anither toon, whaur she bides wi' a niece, wha, as but richt, will heir a' her bawbees. Her cats were ta'en awa wi' her in a hamper, but no' bein' fond o' the confinement, they first focht amon' themsel's, an' then they burst their bonds. After stravaigin' aboot the country for a fortnicht, they managed to mak' their way back to Crowdiehowe, whaur they developed a propensity for mischief an' a talent for thievin' that keepit Miss M'Snaffle's memory green in the toon for lang, till they ultimately fell victims to the traps that the appreciative inhabitants set for their entertainment.

CHAPTER VI.

THE HAMELESS WAIF.

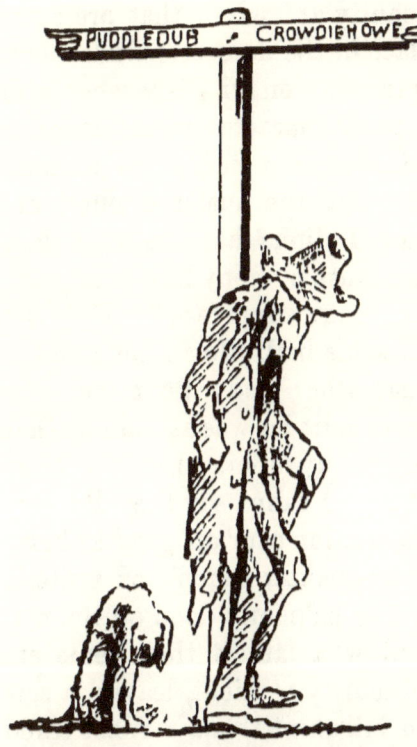

HE unfortunate endin' o' Miss M'Snaffle's romance wi' her heartless sweetheart was a nine days' wonder, but havin' got its allotted nine days, it blew owre, just like a' ither incidents o' a similar kind. It left effects, hooever, that didna blaw owre sae very quick. The affair made folk awfu' cautious as to wha they trustit, an' everybody seemed on their guard an' suspicious like o' a' unkent folk for a guid while. If the inhabitants o' Crowdiehowe entertained angels at ony time durin' the next twal' months, it wasna by ony means unawares. Afore a stranger got across a doorstap to rest himsel', either temporarily or permanently, he was speired at an' cross-speired at till a'thing was kent aboot him, frae the precise time when he got his first tooth doon to the name an' address o' the barber wha cut his hair last ; frae the day an' date on which he doffed daidlies an' petticoats, an' donned the garments that are sacred to masculine humanity an' wives that are owre masculine to ken their ain place in the domestic circle, doon to the date o' his last money transaction wi' his washer-wife for dickey-ironin'. Certificates o' character were the order o' the day, an' what they didna explain had to be narratit by word o' moo'. Naething but the maist explicit an' complete history wad dae, an' I dinna hae the least doot that the rigid inquiry was the cause o' mony lees bein' tell't as weel as objectionable incidents suppressed. He's an unca guid man that can review his haill life an' no' mind o' something he wad rather nae ither body kent, an' I'm dootin' if I met a man wha pretendit he was as guid as that I wadna care to lend him ony o' my siller. But the close investigations aye gaed on, though I canna say they did very muckle guid. The floatin' population cam' an' gaed as heretofore, and we had a fell mixter-maxter amon' oor visitors. Some there were wha paid every ha'penny doon on the nail like bricks, an' ithers we had wha fauldit their tents an' glided silently awa in the obscurity o' nicht, leavin' a sorrowin' landlady an' an unpaid bill ahint them. What cared they, the ill-faured ne'er-do-weels, whether the folk they had swindled could ill afford to bear the loss or no'? They had got their turn saired, an' gaed aff wi' a feelin' o' satisfaction at their success, an' no' carin' a preen-point for the sorrow they left ahint them.

The only class that was aye sure an' aye welcome was the summer lodgers. They dootless caused a deal o' fyke, an' their bairns wad indulge in delvin' in the places they shouldna delve wi' their sixpenny spadies, but their bawbees were aye certain, an' they hadna the ill habit o' meltin' awa like snaw aff a dyke an' no' leavin' ony trace o' their whereaboots. They were a grand hairst to a'body, an' I'm glad to say that the crap has aye been fairly rife at Crowdiehowe, the situation o' the place bein' a salubrious ane—besides its advantage o' bein' near the sea, and yet no owre close to it either. Anither kind o' lodger we were a' fond o' were the artists, wha, as I said in a previous chronicle, got fine inland subjects in the auld hooses an' kail-yairds, an' wha, if they wantit marine pictures, gaed awa doon to the shore an' got picturesque subjects in the dried dulse, codfish heads, an' ither relics o' the vasty deep—makin' real bonnie an' natural-like pictures oot o' that kind o' rubbish, but takin' care to leave oot the smell that usually comes frae it. When we get a glisk o' either the summer lodgers or the artists, we are a' smiles, an' do oor best to get them to oorsel's ; and woe betide the reputation o' them wha smile mair success-fully than we do, an' lure the strangers to bide wi' them. But when it is some puir-lookin' body—ane whase claes are no' very snod, or wha has a broken-doon-like look—that is speirin' for accommodation, we are as unselfish as ony community could be, an' are unanimously anxious to do a freendly turn to oor neebors by recommendin' the wanderer to apply to them.

At a late 'oor ae nicht a fit-sair an' weary gangrel reached Crowdiehowe, an' wi' him was an equally fit-sair an' weary companion in the shape o' a wee doggie trottin' at his heels. The stranger was owre late for gettin' lodgin's, even if he had been a likely can-didate to hae got them in ony o' the hooses that are in the way o' takin' in lodgers. The tramp made his way alang to the police office, houpin' maybe that he micht get a scoug frae the nicht air  in ane o' the no' very sumptuous apartments o' that establish-ment. But, alas ! he was owre late there tae. The twa cells were already occupied by folk that had a better richt to them. Twa drucken horse-coupers had fa'en oot wi' ane anither owre their cups, an' it behooved oor guardian o' the peace to gather them into his fauld, sae that twal' 'oors o' durance in the cells micht enable them to sleep aff their sowp o' drink, cool their heads, an' gie them a chance o' appearin' something sober-like when hauled afore their betters to be awarded the punishment which their misleared conduct had made their due. When the tramp was tell't that worthier folk had monopolised the only accommodation the police station affordit, the puir soul heaved a weary sigh, as he turned awa, chawin' at the hunk o' bread which had been stappit into his hand by oor policeman, wha was as guid-heartit a representative o' the majesty and terrors o' the law as ever buttoned a clear button into a blue claith coat, or piped an alaurm on a birlin' whistle.

Awa gaed the tramp, hirplin' sair, and awa gaed the wee doggie at his heels, and the folk wha saw them could hardly say which o' the twa was the maist orra-like character. The man was certainly human—nature had enabled him to gang upricht on twa legs, but I 'm dootin' the responsibility o' the rest o' his appearance lay wi' him-sel'. But wi' the doggie the case was different. It could wash its paws o' blame for its ill looks. Nature had dune her best to mak' the beast as ugly as possible, and whan Nature sets hersel' to do a thing she gaes through wi 't. The beast had four legs, some symptoms o' a tail, a head fully hauf as big as its body, and a pair o' lugs shapit like twa carpet shoon—thae items were enough to identify it wi' the dog tribe, but that was a' that could be said. It wasna o' ony particular breed, but was rather a marvellous combination o' a' kinds o' dogs packit into ae skin. It was toosie at ae end and smooth skinned at the ither. At the toosie end there were daubs o' clattit hair, that lookit as if it had been rowin' aboot in a tar-barrel, an' at the smooth-skinned end there were hichts an' howes, an' bare places whaur the banes stuck oot, an' spoke owre plainly o' dinnerless days. Yet for a' its ill looks its heart was in the richt place, an' ither luckier an' mair pampered dogs could hae learned a lesson o' gratitude frae the tramp's doggie as it lookit up gratefully an' waggit its fragment o' tail when a bit o' the policeman's piece fell to its share. I've aye believed the doggie was the mair respectable o' the twa, an' maybe that  is the reason I hae devoted mair space to describin' the dog than the man in thae chronicles, which are naething at a' if they are no' respectable.

Alang the street the twa gaed, lookin' at ilka side o' the road, but withoot gettin' a glisk o' ony welcomin' coal or caunil licht. Through the hail toon they gaed, an' driftit awa oot at the ither end, an' oot o' the minds o' a'body that had gien them a meenit's thocht. Naething mair was heard o' them for twa days, when ane o' the schule laddies cam' alang wi' a story, that he had heard a man groanin' an' a dog howlin' in the auld cottar hoosie that had been standin' tenantless ever since Jennie Esplin had dee'd there some hauf-dizzen years back. The laddie's story didna attract muckle attention for a while, but after an 'oor or twa it cam' to oor policeman's ears, an' he considered it no' to be ootside his duty to tak' a stap ootby the length o' the place to see what a' the groanin' an' howlin' meant.

A sad an' sorrowfu' sicht met his een. The puir, ill-faured tramp he had seen twa nichts afore at the police station was tossin' on a puckle o' no' owre clean strae in a corner, evidently in the heicht o' a ragin' fever, while his equally ill-faured companion was sittin' at his head, an' lickin' his maister's face, whinin' an' greetin' as muckle for sympathy wi' its companion as frae the emptiness o' its ane wame. Oor bobbie wasna lang o' doin' his best to better the situation. He gaed aff like stour for the doctor, an' then he ran for the Inspector o' Puir. The word gaed roon' the place, an' ere lang baith the ministers' wives were on the spot wi' blankets, an' wine, an' beef-tea, an' ither things that micht be needit in sic an urgent case. But it was sune kent that their Christian-like efforts were o' little use. The puir gangrel's time had come, an' I 'm dootin' it had come at a time when he was ill prepared to meet it. He tossed an' raved a' that nicht an' a pairt o' next day, an' it wasna till a meenit or twa afore the end cam' that a glisk o' reason cam' back. In the lucid interval he paid nae attention to the folk roon' aboot him, but he spak' to the bit doggie, an' the puir thing nearly waggit the ruins o' its tail aff in its joy at its maister's recognition. The deein' tramp's last effort was to clap the beastie on the head as he muttered "Puir Gyp," an' then he soughed awa. An' that was a' that was ever kent o' the name an' history o' ony o' the twa. The man's pouches were rypit to see if there was onything that wad lead to his identification, sae that his friends could be informed o' his death, but naething was got that could be o' ony use. A wee curl o' licht yellow hair, like a young bairn's, tied to a sprig o' thyme wi' a bittie o' pink ribbon, an' rowed in a bit o' auld newspaper, was got in ane o' the pouches, but a' the history it could tell was that the dead man had haen somebody that he cared for, or that cared for him, at some time—and we could hae guessed that withoot seeing the puckle hair.

There was nae doot that the puir gangrel's death had been caused by starvation, an' a lot o' gossip o' ae kind or ither was caused by the sad affair. A'body agreed that it was scandalous that in a Christian, kirk-gaen land a man

should dee o' want, an' a'body equally agreed that some-
thing should be dune to prevent sic a thing happenin'
again. There was some speak aboot puttin' up a refuge for
the tramps that micht come oor way in future, but it a' blew
by wi' naething dune. The only guid result o' the affair
was that the dead man was better cared for than he had
been when he was livin'. Bawbees were gaithered to save
his unconscious remains frae the disgrace o' bein' buried in
a puirhoose coffin, an' a great crood o' folk turned oot to
attend the funeral. The doggie wadna leave the corpse o'
its maister after his death, an' when they "liftit," the beastie
trottit alangside the coffin. When the last offices had been
dune to the dead, an' the grave filled in, the folk skailed
awa; but there was ae mourner wha had nae thocht o'
leavin'. The doggie lay doon on the tap o' the newly spread
divots, an' whimpered as if its heart wad brak'. Baith the
ministers wha were present tried to wile it awa hame wi'
them, but gang it widna, sae they left it. A wheen banes
and brock were sent doon frae the manse to feed it, but it
didna seem to care for meat. A' the leelang nicht it sat at
the head o' the new-made grave, an howled an eerie
coronach, an' when mornin' broke it was found that—if
dogs are permitted to enjoy the hereafter—"Gyp" had
joined its maister.

CHAPTER VII.

GHAIST-SEEIN' AN' ITS EFFECTS.

HERE will be some wha will mind that in the course o' the second chapter o' thae veracious an' thoroughly trustworthy chronicles, some mention was made o' a young birkie o' the name o' Simpson, a banker's clerk, in conjunction wi' that o' Mary Whitesheaf, oor baker's dochter. It will also dootless be recollectit that when the fearsome spectacle o' the luminous coo flashed upon the amazed vision o' thae twa guileless an' lovin' mortals, the heart o' the young maiden failed her, an' she socht her safety in flicht. Simpson at ance followed her, an' gae her the full benefit o' his breathless escort till she arrived at her faither's shop an' flang hersel' doon on the coonter on the tap o' a new-made beef-steak pie, an' roused her honoured sire into a wrathfu' recognition o' her lover's presence. There was great diversity o' opinion regardin' Simpson's motives for sae promptly followin' the lassie on the occasion o' the apparition, an' some doots o' his gallantry were for a time freely expressed. Some there were wha averred that Simpson's haste on the occasion was as muckle dictatit by anxiety to

hae the company o' some fellow-mortal wi' him, as it was by an overwhelmin' desire to afford his protection to Mary should the fiery spectre hae broken bounds oot o' the glebe an' daured to offer harm to the darlin' o' his heart. The warld is maistly aye ready to accept the least creditable construction o' a man's actions, an' the belief that Simpson's coorage wasna o' a very strong an' stalwart kind taen root an' spread a' owre Crowdiehowe. Of coorse a'body taen care to forget as sune as possible the panic they themsel's were in while the mystery was yet unexplained, an' maybe the best way to do that was to mak' the maist they could o' the timidity o' somebody else. Sae maist folk were content to believe that Simpson was a cuif withoot investigatin' owre closely whether or no' he was mair sae than ony ither body.

But there were some wha didna hae sic a low opinion o' Simpson's coorage, an' amon' them was Captain Groggit. That gallant navigator had been owre lang at sea, an' had seen owre mony halflins wha were fleyed at the first gale o' wind turn oot guid an' brave seamen, to believe that because a young chiel ran awa at the first glisk o' something he didna understand, that young chiel maun necessarily be a coward. An' I'm glad to say that I was o' the Captain's way o' thinkin' mysel', though maybe for different reasons. The fac' is that I hae lang held the opinion that coorage is juist presence o' mind, and that because ae man has less presence o' mind than anither he shouldna be lookit doon on aboot it, seein' that he canna help it. If a'body had the ability to steady their nerves when there's a necessity, an' calmly calculate a' the chances for an' against them, they wad be displayin' the highest form o' coorage. Suppose, for instance, that a sodger had to face twenty howlin' deevils o' savages his leefu' lane. If he could steady his mind, tak' a guid look at them, an' say—

" If I can bowl out that lot, I am all right ; if I don't, they will kill me."

Then he wad likely set himsel' calmly to win the game. Suppose he didna reason wi' himsel', but lost his nerve, an' ran awa, he wad be killed a' the same, an' be ca'd a coward into the bargain; whauras, when he stands his grund an' kills them a', he's considered a hero, an' maybe gets the Victoria Cross; or, if he's killed, his memory lives in sang an' story. It's muckle the same wi' a ghaist. If a man wad

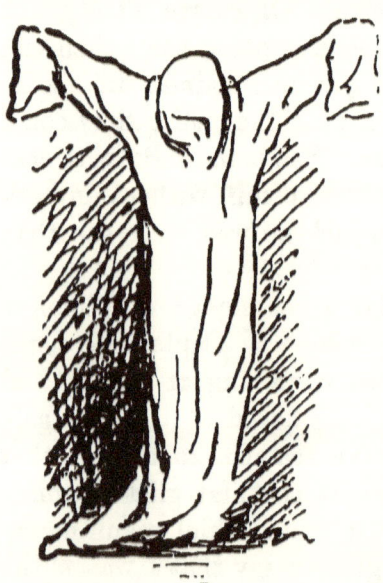

but reason wi' himsel' when he meets a something that is like to fleg him, an' wad say— "Here's a ghost; there's no use in running away—a ghost can run quicker than I can, and if it wants to get hold of me I am as good as caught. Why should I run? A ghost is not worth being frightened at. It has no substance. It is as soft as a stream of sunshine that pours through the hole of a window shutter. I could stir up its internal arrangements with a chunk of mediumly soft soap, therefore I will wait to see what turns up."

An' the result o' this coorageous an' at the same time sensible resolution wad probably be that the ghaist wad ultimately resolve itself into a shadow, or a glisk o' munelicht, or a telegraph pole, or a forgotten sark hung oot on a palin' to dry.

I suppose naebody will attempt to gainsay my contention that this theory is richt. I think maistly everybody will admit it; but the unfortunate thing is that, like maist great theories, it is sometimes a hard job to put it into practice. As an honest an' truthfu' man, I'm bound to put on record that at times I hae failed in carryin' it oot to its end. I've

seen when I wad be gaein' hame on a darkish nicht findin' a
queer, eerie feelin' comin' owre me, a kind o' creepiness in
my flesh, that wasna to be accoontit for by onything I had
seen or heard, an' which couldna be got rid o' by ony
amount o' calculation or philosophic reasonin'. I wad hae
tried to crush it doon by whistlin' a lively lilt, but the lilt
wad dee awa, its previous noise makin' the silence mair
oppressive, an' garrin' the creepiness increase. The echo o'
my ain footsteps wad soond like the footsteps o' some
mysterious follower, wha couldna be seen, an' yet was heard ;
an' the unconsidered soonds that naebody minds when they
are in their richt state wad be magnified tenfold ; an' a' the
time I wad be reasonin' wi' mysel' on the folly o' my ain
conduct, an' almost believin' mysel' the cuddie that hunders
o' ithers hae dune me the honour o' considerin' me at ither
times, an' when they hae haen far less occasion. On I wad
gang, wi' ootward bauldness, but wi' my heart playin'
pitterty-pat against my ribs. An' when I wad get to my
ain door, I wad snatch it open, jink inside, an' then shut
oot a'thing natural an' unnatural wi' a bang that wad bring
the wrath o' the guidwife on my tap for havin' waukened
" the sleepin' dear lamb o' an infant that had juist fa'en
owre," an' wad furnish her wi' a text whereon she wad
preach for at least hauf an 'oor.

They are queer things thae nameless terrors, an' they are
far waur to thole than ithers that can be accoontit for. I
mind ae nicht o' gettin' a sair fricht in a perfectly natural
way ; an' though I failed in puttin' my theory into practice,
it did mair to convince me o' its value than onything else
that could hae happened. I had to do a guid lang tramp
by the side o' the seashore, an' as there are some deep rifts
in the cliffs, I struck awa inland a bittie to cut a corner aff.
The rain was dingin' on gey heavy, an' I was stappin' alang
as briskly as I could, thinkin' o' nae evil, when I happened
to tak' a look owre my shouther, an' there, straucht ahint
me, an' aboot three hunder yairds awa, I beheld a big whin-

bush a' in a bleeze o' licht. The feelin' o' Moses when he
saw something similar in broad daylicht an' wi' nae rain
was that o' awe, but in my case I hae to confess that my
hair cam' as near stannin' on end as ever it did except ance,
when a fule o' a drucken barber clippit it sae close to the
scalp that ilka hair stuck oot like the birse on a bottle-brush.
I stood stock still, an' tried for the millionth pairt o' a

second to put my theory into practice; but the calculations
necessary to the perfect carryin' oot o' it wadna come, sae I
decidit to postpone the practice to some mair convenient
time, an' aff I ran. When I had run aboot a quarter o' a
mile I stoppit, no frae ony accession o' coorage, but frae
want o' breath, an' I couldna resist the impulse to look
back to see the progress o' the conflagration. That look
was the means o' explainin' the cause o' the mysterious

affair. The seashore at this point formed a broad, open
bay, on ane o' the horns o' which was a lichthoose. When
lookin' owre my shouther I had brocht the licht in a direct
line wi' the whin-bush, an' the glare gleamin' through its
branches had gi'en it the appearance o' bein' a' in a lowe.
In my hurry awa frae the spot I had driftit aff the straucht,
wi' the result that, when I stoppit an' lookit back, I dimly
saw the whin wavin' in the wind as calmly as ony decent
whin-bush should, an' awa to the left was the lantern o' the
lichthoose streamin' oot its cheerin' licht to gladden the
hearts o' the mariners, an' guide them across the weary
waste o' water.

But as I was sayin' when I began my rigmarole screed,
Simpson had to tak' a back seat after his transactions wi'
the fiery coo. He had been a Volunteer afore the time o'
the ghaist-seein', but after that he deemed it better to resign.
His fellow-sodgers had haen a deal to say aboot his conduct
on drill nichts, an' he didna hae brass enough to face oot
their sneers. He had been an active member o' the Mutual
Improvement Society, an' had read sundry entertainin'
essays on "Duty," "Capital Punishment," an' "The
National Debt," but the ither members sune lost a' recollec-
tion o' his abilities an' labours, an' began to gie him the
cauld shouther. Ae conceitit smatchet took it upon himsel'
to gie as a readin' the divertin' ghaist-story in *The Antiquary,*
whaur Miss Oldbuck lays hersel' open to the sarcasm o' her
brither by the prolix way she tells o' the experiences o'
Rab Tull, the lawyer, an' as some remarks made at the close
o' the meeting plainly showed that the story was meant to
hae a local application, Simpson taen the hint an' resigned.
The very bairns at the Sabbath-school got a haud o' the
story, an' the class o' loons that Simpson had taught wi'
some success showed sic ribald disrespect, an' sic a wilfu'
contempt for a' proper subordination, that Simpson deemed
it wise to stop trying to educate them. This last was maybe
the sairest blow o' a' to Simpson. It had been mainly

through the Sabbath-school that Simpson had got acquaint wi' Miss Whitesheaf, an acquaintance that ripened quickly into something gey like spoonin', under the genial sunshine o' some pic-nics an' Christmas-tree treats. But noo a' manner o' communication was broken aff. Baker White-sheaf had sternly denounced Simpson the nicht after the fricht, when he ca'd yontby to see hoo Mary was, an' had ordered him to speak nae mair to his dochter. It was also

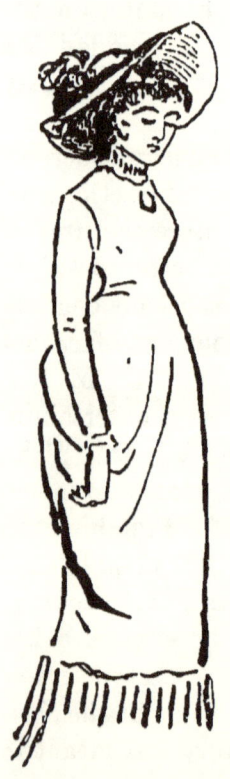

understood that Mary had got a brisk hearin' on the occasion, an' was forbidden on her pairt to think mair o' Simpson, an' she, like a biddable bairn an' dutifu' dochter, ootwardly conformed to the parental commands. But it's ill guidin' the hearts o' puir young silly things o' twa-an'-twenty, an' though they ne'er met to speak, they were aften noticed takin' the ither keek at ane anither on Sabbath forenoons in the kirk when they should hae been thinkin' o' ither things. Nor did Mary improve in her appear-ance in the altered circumstances in which she stood in regard to her joe. She got white an' shilpit, an' at length the doctor, wha dootit she was gaein' to fa' into a decline, ordered her to get cheenge o' air an' company. Mary ac-cordingly was packit awa to Edinburgh, to bide wi' an auntie, to see if the healthy breezes that blaw around the ancient city wad help her looks ony. Truly, in the case o' thae twa lovers, the coorse o' true love hadna been a straucht ane.

After Mary gaed awa Simpson began to haud up his head again, an' to look blither than he had dune at ony time since the incident o' the coo. He began again to tak' tent to his appearance, an' wore a saucier look on his face, an' I was almost angry to see the young fellow gettin' owre his love-blight sae sune. In my young days love was deeper, an' when a lad an' a lass fell oot, it was considered that nane o' them had a richt to look brisk again till they had made it up wi' ane anither. But here was this young pen-driver, no' twa months after the lamentit separation, lookin' as happy as ever he did, an' wi' nae thochts o' committin' suicide on himsel' or on ony ither body, or wi' ony ither similar foolishness in his head. I maun say for him, hooever, that if he had forgotten Mary, he showed nae symptoms o' an intention o' takin' up wi' ony ither cummer.

An' in that respect his con-duct was maist exemplary. He seemed determined to mind his ain business, an' frae a circumstance that happened aboot this time maist folk formed a determination to lat him do sae withoot ony in-terference o' theirs, or, if they did criticise his actions, to do it ahint his back. There had been a march-oot o' the Volunteers, an' it behoved ane o' the officers to stand pies an' porter on the head o't. After the gratis solids an' liquids had been consumed, the men had ta'en some mair liquids at their ain expense, an' afore the foy was owre twa or three o' them had mair sap in their insides than was guid for them. Simpson had been passin' alang as twa or three o' them cam' oot, the big drummer, wha had left his instrument on its end at the door, bein' ane o' them. The drummer made a sneerin' reference to the ghaist-story, an' a kind o' jostled Simpson in the passin', an' in half a second he saw stars a' owre the firmament frae the lick atween the een he got frae Simpson's left hand, which was promptly followed up by a similar demonstration by the right ane. The latter blow had the effect o' bringing the gore in great floods, and also o' knockin' the drummer heels owre head into his ain drum, through the upper end o' which he gaed skyte, leavin' his head an' his heels stickin' oot. An' there he stuck till some o' his friends ran to his rescue an' pu'ed him oot. It was believed at first that Simpson wad hae been hauled afore the Bailies aboot the affair, but it was thocht the squabble wadna hae been creditable to the Volunteer cause, sae it was hushed owre.

Sae the ghaist-story that had garred the coorse o' true love gang thrawn was allooed to sleep ; but whether Simpson had forgotten his sweetheart or no' is a matter that will be dealt wi' some ither time.

CHAPTER VIII.

A CURE FOR LOVE.

THE remarks in my last chapter on the improved appearance that Simpson began to present to the public, and my consequent anger that he should sae sune forget his joe, are no' to be ta'en as implyin' that I am in favour o' a chap hingin' his head an' daidlin' aboot as if he was deein' because the particular young woman on whom he has fixed his affections is no' smilin' on thae affections in the richt way, but is raither on the broad lauch aboot them. Simpson's case appeared to me to be different frae the general run o' that kind o' thing. The lassie seemed to be as fond o' him as he was o' her, an' therefore when the coorse o' their true love gaed thrawn it behoved him to feel wae for her if he didna mak' muckle mollygrant for himsel', an' it therefore didna become him to cock his hat to ae side, pairt his hair snod, an' tie his necktie neat, as if he didna care a bane button aboot the blight o' his ain affections, or the feelin's o' the puir lassie wha was the ither pairty in

the case. A little dishevelment for a time wad hae been
appropriate to the circumstances, I think. It wadna hae
appeared sae heartless like, at ony rate; an' we a' owe
something to the opinion o' that great mass o' humanity wha
pays attention to oor business, an' lays doon the laws to us
for oor guidance withoot inquirin' owre particularly as to
whether we ken oor ain business best or no'.

But there's naething I like waur to see than a puir chap
gaein' slinkin' alang wi' a heart-broken air an' an appearance
as if he didna care though the warld tumilt overbuird
a'thegither, juist because his sweetheart is thrawart. Mony
a spunky, weel-faured chap, wha has plenty o' saucy looks
an' daffin' words to fling at maist o' the queans o' his acquaint-
ance, becomes tongue-tackit an' hings on a face as cheerfu'-
lookin' as the tarpaulin cover o' a carrier's cart, a' because
he is in the presence o' the woman to whom he has offered
his heart, an' wha disna show muckle anxiety to keep it.
I've aften windered if that kind o' young man expectit to
be successful that way in winnin' the affections o' the ane
they wished to win. Ye wad think if they wad but turn
their common-sense on the subject, an' look at it in a square
method, they wad see the folly o' conductin' themsel's in sic
a doleful way. They wad dootless like to shine maist when
they are in the presence o' their dearies, but instead o'
doin' that they gar a' the ither young men shine by the
very contrast, an' the lassie is ashamed o' her name bein'
coupled wi' sic a cuif.

Na, na; there are hunders o' ways o' winnin' a woman's
heart, an' deein' aboot her is aboot the warst ane that can
be chosen. Tell her she is bonnie, if ye like; but dinna
mak' her think she is owre bonnie for you: let her under-
stand that she is guid; but hint as delicately as ye like that
there's as guid fish i' the sea as ever was selt in a cadger's
cairt: let her ken by a' means that ye think her the woman
o' the warld that is likely to mak' ye the happiest man on
earth, but be sure she disna hae opportunity o' forgettin'

that the position is a mutual ane, an' that if she disna be thankfu' for the guid the gods hae gi'en her, she may gang farrer an' fare a hantle waur. Dinna mak' her owre conceitit afore the cries are in, but after that be as foolishly fond as you like. The fac' is that ilka marrit man should think that there is only ae true woman in the warld, an' he has got her.

Thae thochts hae been promptit by an incident comin' into my mind that caused a guid lot o' talk at the time it happened—a maiter o' aucht-an'-thirty years awa. Maist o' the actors in the affair are weel scattered owre the face o' the earth noo, an' the hero o' it is noo a big bug in the Dominion o' Canada, has made a hatfu' o' bawbees in the farmin' line, an' has been returned aftener than ance to represent the district whaur he bides in the 'Legislature. I'm to ca' the hero o' the incident Jamie Anderson, principally because that's no' his name. I'm no' sure that he wad be fond o' haein' the auld story rippit up, an' him to be identified wi 't, so that I'll tak' the liberty o' makin' sic alterations i' the names as will keep them a' *incog.*, as it is ca'ed. Jamie, at the time the dire accident befell him, was second man on the farm o' Drumlieburn, an' was as brisk a lad as there was in the countryside. He was as fu' o' daffin' an' fun as a bee's byke is o' bizzin', an' he was the life an' soul o' a' the sprees that took place in the district. At fitba' matches, an' wrestlin', an' pittin' the stane, an' sic like, he could haud his ain wi' a' the countryside, an' he was the leader o' a' the sports that were organised roond aboot. He was a kind o' Admirable Crichton on a humble scale; an' although he hadna the book-learnin' o' that worthy, yet he had a manly, honest heart, that wad hae matched wi' that o' the Chevalier Bayard. Queer enough, wi' a' his perfections, he had nae enemies; he had a happy-heartit modesty aboot him that garred even the maist spitefully inclined like him, an' whaure'er he gaed he was aye welcome. It was pretty generally supposed that, if he likit, he could get the wale o' the countryside for a sweetheart, but Jamie didna seem to mak' o' ane o' the lassies mair than anither.

But a cheenge cam' owre the spirit o' his dream. A handsome, dashy-lookin' lass cam' frae Glasgow to bide wi' some far-awa friend in the district, an' her fashionable claes an' ready tongue sune garred her to be ane o' the maist popular ladies at a' the junketin's that took place in the district—that's among the lads, but hardly among the lassies. Her braw claes an' toon-bred style stood oot owre clearly beside their homely garb an' hearty manner to please them. It wasna to be expectit that Jamie

Anderson wad keep oot o' the orbit o' the new beauty, mair especially as she wasna lang o' recognisin' his merits, an' implying a kind• o' pleasure in his company. But Jamie wasna the same man in her company that he was in that o' the ithers. He seemed to lose maist o' his glibness; an' though he didna juist stand sookin' his thooms, there was aften that he felt that he wasna lookin' mair than half a degree better than a fule. As the weeks flew by, Jamie an' Miss Smith got thicker, an' the guid-lookin' ploughman an' the toon-bred dressmaker were aften seen daunderin' aboot in the gloamin', an' lookin' as like twa sweethearts as it was possible to look.

The growin' intimacy didna please a'body—indeed it scarcely pleased onybody. A toon-bred lady wasna the kind o' a wife that wad weel sort wi' a young ploughman that had his way to mak' in the warld. An' the maist feck o' folk were o' opinion that Jamie was ca'in' his pigs to a bad market. There was nae doot aboot it, that on this occasion the voice o' the people were i' the richt. In thae days communication wi' big toons wasna sae easy as noo-a-days, an' there were hunders o' things that a country wife needit to be able to do that a toon-bred dressmaker wasna likely to ken onything aboot. But the cantrips o' Cupid upset a' calculations, an' Jamie Anderson was owre head an' ears in love, or thocht he was, which is aften the same thing, wi' a lass that hardly kent muckle mair aboot agricultural maiters than that neeps didna grow on trees.

But what aboot the lass? Was Jamie Anderson as attractive to her as she was to him? Hardly. She sune proved that she was neither mair nor less than a heartless flirt, wha had ta'en up wi' Anderson as the likeliest lad to kill time wi' during her residence in the district, an' accordingly she played fast an' loose wi' him, utterly regardless o' his feelin's in the maiter. After maiters had gaen on for aboot twa months, the time o' her gaein' awa hame approached, an' when Jamie gae her some hints o' the state o' his affections, she blandly looked astonishment on him first, and heartlessly lauched at him afterwards. The accomplished hizzie had keepit her heart hale, an' turned on her heel wi' an indifference that paralysed puir Jamie. She wasna content wi' giein' the lad the cauld shouther, but she also telt the story o' her triumph to some o' the folks afore she gaed awa, an' the reason o' Jamie Anderson's dowieness was sune kent a' owre the countryside. His marked fondness for the toon's lady had of coorse been marked by the country lassies, an' was naturally resented by them, an' the lads, wha fain wad hae ta'en Jamie's place when he was apparently successful, an' werena sair pleased when they couldna, were correspondingly jubilant at the doonfa' o' their rival.

There's nae doonfa' sae great as the doonfa' o' ane wha has been conspicuously successful in the past. A'body floutit puir Jamie. The lassies lauched loudly in his face, albeit there wasna ane o' them but wad hae been glad to tak' him wi' the tear in his e'e. The young men did the

same—no' sae loudly at first, for they had a wholesome re-
collection o' Anderson's prowess, an' werena sure that he
michtna turn on them an' gie them their paiks ; but they
waxed bolder wi' the impunity they enjoyed, and ere lang
Anderson was the butt for a' the wit o' their ill-scrapit
tongues. It didna seem to affect Jamie muckle, for he gaed
oot-by an' in-by wi' a heartless, hang-dog expression, an' to
a' appearance he was quite ignorant o' the jeers o' his
neighbours ; but the stab had gaen deeper into his soul than
even his dowie appearance had led folk to believe.

Ae nicht, aboot sax weeks after the jilt had left for
Glasgow, a rumour gaed through the district that Jamie
Anderson had been found lying dead at a dyke-side aboot
a mile an' a half oot o' the county toon, an' it was kent that
Anderson had gaen awa into the toon that afternoon. A
strong revulsion o' feelin' was caused by the news. A' the
clishmaclavers aboot his being jilted were thrown to the
wind, an' it was only the guid name he bore afore he took
up wi' the Glasgow lass that was mindit. Nor was this
state o' feelin' muckle altered when the news cam' next day
that he wasna a'thegither dead, but was as near till 't as it
was possible for onybody to be withoot haein' to be rigged
oot wi' a coffin. It appeared that Anderson had been sae
sair cut up aboot the loss o' his sweetheart, an' the chaffin'
he had got frae his cronies, that he had made up his mind
to put awa wi' himsel'. He had gaen into the toon an' bocht
some laudanum, stappit awa oot the road, an' havin' drunk
the poison, laid himsel' doon to dee. But his time hadna
fully come. A man passin' alang in a gig saw him lying
apparently dead, an', stoppin', picked him up an' drave aff
to the nearest doctor. The doctor was up to his business,
an' seein' what was the maiter, rigged oot his stamach-
pump, an' gae Anderson the awfu'est cleanin' oot that ony
mortal ever got.

Twa or three days after Anderson was a' richt again, an'
a'body oot oor way had firmly resolved to let him alane in

future, an' no' to hint at the unfortunate end o' his love affair, seein' he had ta'en't sae muckle to heart ; but we never got a chance o' puttin' the 'strength o' oor benevolent resolutions to the test. Anderson never cam' back. Some o' the folk in the toon had heard o' the affair, an' had veesited Anderson, wi' the result that he got a help to emigrate, alang wi' a free grant o' land in a new colony. Sae Anderson gaed awa, an' was nae mair seen in oor locality till seven years after, when he cam' hame on a veesit. By that time he had got maist o' his land cleared, an' was a thrivin' man. He had never married ; but durin' his veesit to Crowdie-howe he taen up wi' a strappin', feckfu' lass, that could turn her hand to onything, an' she gaed awa wi' him when he returned to the land o' his adoption. I was at the waddin', an' a grand ane it was, an' I couldna help speirin' at him if he had fairly gotten rid o' his auld love-stoond. "Ah, ah, Job," said he, wi' a comprehensive wink, "it wad hae haen a strong haud o' me if it had resisted the stamach-pump. My love gaed aff wi' a hantle ither things yon day."

It's a wonderful thing what science can do, an' sufferers frae blichted affections micht do waur than try the effect o' the improved apparatus that noo exists in the surgeries o' medical men.

CHAPTER IX.

SANDY PITLESSLIE'S TOOTHACHE.

IT hasna been my luck to hae the entree o' mony o' the grand places o' the earth. When I read in the papers o' the great doin's at the State balls, the presentations at Court, the Lord Mayor's banquets, an' the big dinners generally, I 've aften windered if real, doonricht happiness attendit thae grand junketin's, or whether oor ain humble heel-shakin's in some empty barn, wi' the stoor makin' the cruisies look dim, an' the din o' the hoochin' an' trampin' nearly dingin' the festive fiddle, or gay melodion wi' bell attachment, wasna mair joyous an' had less heart-burnin's than that o' the great folks wi' their stately quadrilles, their braw claes, an' their polished floors. An' equally do I winder if the folks wha rin awa frae Scotland, an' spend as muckle as wad keep a hale schulefu' o' bairns comfort-àbly shod for a twalmonth on seein' Switzerland an' the Rhine, an' the ither show places on the Continent, dinna think shame o' the ignorance they display aboot the beauties o' their ain native land. Nae doot they had dune the wast o' Scotland, an' the Trossachs, an' Edin-burgh, an' Melrose, an' the ither places which the great Wizard o' the North discovered an' made fashionable, but hoo mony o' them hae shown a true appreciation o' Sir Walter by scalin' the broon mountains that gae opportunity for the fine descriptive glamour to his works? Hoo mony hae climbed Schiehallion, or Ben Ledi, or the Lomonds,

or Kinnoull Hill, or Craigie Barns, or Benachalie, or ane or
ither o' the hunder heichts that afford sic a noble view o'
the howes o' auld Scotland? No mony. An' yet the braw
folk gang awa in scores, an' are hauled aboot by pownies an'
greasy mountaineers, wha wear absurd hats, an' tie their
buits to the ends o' their breeks wi' a hantle o' ribbons
o' divers colours, an' itherwise mak' images o' themsel's—
the puir ignorant wretches. An' a' this is dune wi' a view
to seein' the picturesque. If snaw be picturesque, we get
plenty o 't at hame ; an' if bein' coupit into a snaw-wreath,
wi' the added pleasure o' waitin' half a day till ye're dug
oot, be enjoyment, what's to hinder folk to tak' a trip up
the Hielant Railway in the winter-time ? An' as for
picturesqueness in architecture, gie me the cosy theekit
cottages o' oor native land ; the hames o' the faithers o' the
pioneers in every colony ; the hames o' the faithers an'
mithers o' the sodgers wha hae made the British arms
victorious in a' quarters o' the warld ; the hames whaur
the sangs hae been made an' sung that bring the saut
tear to the een or the joyous lauch to hunders o' mooths
when heard in the Rocky Mountains, the Kyber Pass, the
arid plains o' Australia, or amid the snaws o' Canada.
There's picturesqueness enough in biggin's like thae to suit
Job Bradawl ; an' what's mair, in spite o' what sanitary
authorities say, there's health. Whaur could ye get finer
men to be friendly wi' or to fecht wi' than Scotchmen, or
whaur could ye get bonnier lassies ? Answer me that, if
ye can, an' pay yer ain postage in the doin' o 't. Maybe
I 'm owre partial to Scotland, bein' a Scotchman. Ony
English reader o' thae pages may knock aff fifty per cent. as
due to enthusiasm, but no' a jot mair.

I 've been moved to the foregoin' reflections on the beauties
o' oor ain country by a sicht I saw ae nicht the ither winter
as I was daunderin' hame, after haein' delivered a pair o'
buits to ane o' my customers—the laddie that usually does
that bein' at the nicht-schule. There was a hantle o' snaw

E

on the grund, an' the bare hedges an' leafless trees a' telt
that Nature was sleepin'. As I gaed slidin' an' staucherin'
alang, the disagreeableness o' the tramp forcibly suggested
the dootfu'ness o' the pleasures to be obtained by climbin'
Mont Blanc, wi' the chance o' gettin' dreary lodgin's within
the cauld-lookin' wa's o' St. Bernard's Hospice, that I heard
the minister tellin' aboot in ane o' his lectures when
describin' the tour on the Continent he had ta'en durin'
his holidays. But as I turned the corner o' the road, which

tak's a bend aboot twa hunder yairds to the east o' Crowdie-
howe, a cheery sicht met my een, that micht be seen else-
where, but couldna be seen better. The toon's smiddy was
in full blast, an' as the fire gleamed oot an' fell wi' the rise
an' fa' o' the handle o' the bellowses, a lurid, ever-cheengin'
licht was shed on the ootside surroundin's through the half-
open door. Then the blaze dee'd awa. For a moment a
bricht flash was seen as the buirdly smith whiskit the great
bar o' red iron frae the fire, an' the clang o' the hammers
amid the flash o' the sparks lent a cheery din to brak' the
mysterious silence that fa's on the earth when there's snaw
on the grund.

There's aye guid company in a smiddy. Frae time im-
memorial the village smiddy has been the local parliament
whaur a'thing has been settled to the satisfaction o' the
settlers, whether the result had ony ootside influence or no'.

An' the nicht I 'm speakin' o' was nae exception to the rule.
Twa or three had drappit in to discuss the state o' the craps,
the price o' tatties, the chances o' passin' the Franchise
Bill, the merits o' the different candidates at the forthcom-
ing ploughing-match, or sic-like maiters o' local an' national
interest. An' no' a meenit afore I had pit my airm owre
the lower hauf o' the door an' made my way to help to
thrash out wi' my wisdom the various subjects under dis-
cussion, Sandy Pitlesslie, ane o' the stanebreakers o' the
district, had come in, wi' baith his hands up at his chafts,
and girnin' sair wi' the pangs o' a stingin' tooth. Sandy's
advent an' his misfortunes had of coorse turned the crack
to toothache in general, an' ilka ane had a true an' particular
accoont to gie o' the terrible agony that he had on some
similar occasion endured, wi' full details o' a' the plans that
had been tried to soothe the achin' molars.

An' at this point I 'm constrained to speir hoo it is that
when onybody has a sair aboot them, a'body else think it
their duty to prove conclusively that the trouble that the
patient is then endurin' is naething ava like the pain that
the sympathiser had endured on some ither occasion. If it
be an achin' tooth, the ither man is sure to tell you that he
had a tooth that prevented him sleepin' for sax weeks, an'
when he gaed to hae it drawn, the dentist pu'd him a' owre
the hoose, frae the garret to the cellar, afore he got the
thrawn thing to come oot o' his head. If it 's a cauld ye
hae, the ither man had a cough sae bad that a deaf an'
dumb institution had to flit to anither street till he got
better. If it 's only a cuttit finger, the ither man will likely
let you see a finger that was chacked clean aff wi' a neep-
cutter, and was stuck on crookit after the stoor had been
blawn aff it. I mind o' ae man in oor place that was maist
remarkable for haein' greater misfortunes than ony ither
body, an' ae time when a theeker fell aff a hay-soo he was
workin' at, an' crackit his pow, he commenced to tell o'
an awfu' mischanter that befell him.

"Tuts, man," said a sceptical bystander; "ye never fell sae far as that, man."

"Did I no'?" said he; "man, I fell into a draw-well ance, an' ca'd the boddim o't oot wi' my head."

But to return to Sandy Pitlesslie an' his troubles. Sandy sat grimly grindin' his teeth, an' payin' but sma' attention to the numerous stories o' greater pangs, the pangs he was bearin' bein' enough for him. Of coorse there was nae want o' suggestions for his relief, but few o' them were o' a kind that Sandy hadna already tried. He had tried haudin' cauld water in his mooth, an' he had tried het; he had tried saut, an' he had tried pepper. He had sleepit wi' a grey-beard fu' o' bilin' water at his lug a' nicht, an' he had after-wards tried a mustard poultice, which took awa the already tender skin, but didna tak' awa the pain. An' sae he

girned, an' said things that wadna bear printin', an' girned again. At length somebody suggested that he should try a red-het wire stappit into the hole, an' the blacksmith offered to supply the needfu' if he wantit it. The cure didna seem a temptin' ane, but what will a body no' do to get rid o' the continued stingin' o' a tooth?—an' Sandy decided to try it. A buird was laid across the tap o' the tankfu' o' cauld water that sits by the forge-side for coolin' het iron, to mak' a con-venient operatin' chair, an' the blacksmith havin' examined the locality o' the tooth, the size o' the hole, an' the kind o' a bend the point o' the wire wad need to be maist con-venient, began his preparations. The wire was got, bent into shape, an' havin' been stuck into the fire, the blast frae the bellows sune made a ruddy flame. While thae preparations were bein' made, Sandy was, if ony-thing, raither mair oneasy even than he was before they began. He hirsled aboot on his seat, an' swabbit the sweat o' terror aff his forehead, an' aye gae the ither keek at the fire. But when the smith taen oot the wire, an' cried to him to gape, he lost a' coorage, let aff a yell, an' shoved the smith frae him. In a meenit the wire was cauld, an' the tooth was stingin' awa as merrily as ever. The smith ca'd Sandy a cuif, an' flang the wire aside, but in five meenits the patient had again screwed up his coorage. The smith agreed to heat the iron ance mair, an' when it was ready Sandy gapit as if the smith was to gang inside. Like a flash the wire was oot o' the forge an' into Sandy's mooth, an' in an instant there was a yell, followed by a splash, an' Sandy's head an' heels were the only pairts o' him that were

veesible abune the edge o' the water-tank, the rest o' his person bein' obscured by the buirdly bulk o' the smith, wha was lyin' abune him. Sandy's hirslin' had caused the buird to shift, wi' the result that it had slippit oot aneath him at the important moment, an' as muckle o' him as could get in had gaen in, the smith at the same time fa'in' owre him, an' effectually haudin' him doon.

As sune as we could for lauchin', a' hands turned to pu' Sandy oot o' the tank, the job bein' ane o' some difficulty, by reason o' the tichtness o' the fit, an' his gratitude for oor assistance was somewhat tempered wi' wrath at oor on-timeous mirth. He glumly pressed his hands owre his nether garments, wi' a view to squeezin' oot as muckle as possible o' the black oily liquid in which they had been soakit, an' while he was doin' sae some ane speired hoo his toothache was.

"Dod," says he, "I'd forgotten a' aboot it! It's clean awa."

An' so it was. Hoo it had come aboot I canna undertak' to explain, but wad prefer to leave it to the author o' *The Teeth, and How to Preserve Them,* or some ither dentist o' experience. It micht hae been the fricht, it micht hae been the het iron at his head, it micht hae been the cauld water at his ither end, or it micht hae been a' thae causes combined that effectit the cure—there's nae sayin'; but the fact remains that the cure was effectual, even if it was mysterious. Sandy gaed awa hame, as happy as his weet breeks wad lat him be, an' for a' I ken, he's pittin' his tooth to its proper use, an' hasna yet selt it to the bane-mill.

I'm thinkin' that maist o' my readers will be o' opinion that the connection between the comparative picturesque-ness o' Scotland an' ither pairts, alluded to in the first half o' this chapter, an' the curin' o' Sandy Pitlesslie's sair gums in the latter half, is somewhat mysterious tae, but I canna help that. There's mony things in this warld that I canna undertake to explain, and that's ane that I wad like to shunt on to the shouthers o' somebody cleverer than mysel'.

CHAPTER X.

THE CURLIN' MATCH.

THE coatin' o' snaw that bedecked the hedge-raws an' leafless trees, which I alludit to in my last chapter, was the precursor o' a fell heavy storm that lastit for aboot three weeks. The winter up to that time had been an open ane ; there had been rain an' fog an' some cauld, but there had been nane o' the steady, persistent snaws that settle doon on us sometimes, an' upset a' oor travellin' arrangements, brak' oor telegraph wires, smoor oor sheep, an' play the mischief generally wi' a' earthly things. The winter afore had been a coorse ane. The snaw had come doon on-ding aboot the middle o' December, an' had lain for seven weeks. Ae ootlyin' cottage that was built in a hollow east-by a bittie was completely buried oot o' sicht for three weeks wi' drift, an' wad likely hae gaen oot o' mind as weel as oot o' sicht till the thaw cam' had it no' been for the providential circumstance that the postie had haen a letter to deliver at it. Whan he got to the place whaur he should hae seen the bit hoosie, he could discover feint a stane o' it. Naething but snaw—a wide waste o' snaw. He gae the alarm when he got hame again, an' a band o' folk set aff to howk the entombed inhabitants oot. A road was shooled as weel as could be judged in the direction o' the door, an' considering the fact that nane o' the Mont Cenis Tunnel engineers were there, the excavators made no' sic a hielint success in their labours. They didna exactly strike the

door, but they got the tap o' the lum o' the hoose. Here
they hailed doon to see if ony o' the inmates were alive,
and discovered wi' muckle pleasure that they were a' safe
an' soond, but maist terribly hungry. They had haen a guid
supply o' meat in afore
the storm had come on,
but were nearly through it
a'. Twa days afore their
rescue their coal an' sticks
had gien oot, an' though
they hadna suffered wi'
cauld, they were neither
very cheerfu' nor like to
get fat aff dry meal mixed
wi' a puckle snawbroo—
the meal bein' the last o'
their grocery guids, wi' the
exception o' twa pund o'
split peas, which, hooever
toothsome they may be
made into soup wi' a ham-

bane amon' them, are no' a thing to mak' a hearty denner
aff when eaten dry if ye 're eighty year auld an' hae only
twa teeth in yer head that 's opposite ane anither. Faith,
if the rescuers hadna made their appearance at the time
they did, there 's nane o' them wad ever haen the toothache
again, I 'm thinkin'. Hooever, they were hauled oot, an'
ta'en awa to anither hoose, whaur they were made comfortable
for a week or twa till the snaw meltit.

The lang storm o' the previous winter had gien an extra
impetus to the king o' winter sports—curlin'—that season,
an' twa-three matches had been played for meal an' tatties
for distribution amon' the puir bodies that had been thrown
oot o' wark by the frost. But fortunately for the puir
bodies, if unfortunately for the curlers, a thaw set in the
day before that on which it had been decided to play the

great match between Crowdiehowe an' the neighbourin'
toonie o' Puddledub for a denner o' beef an' greens—four
rinks a side—an' there had never been anither chance the
haill winter. The postponement o' the match, an' the lang
interval that had to pass ere it could be decided, roused a
hantle o' feelin' atween the twa places, an' to cool their
rivalry it was determined to seize the first opportunity for
playin' aff the game, an' ultimately pittin' the beef an' greens
whaur they wad do maist guid.

The doonfa' o' snaw bein' followed by frost, the curlers
were neither to haud nor bin' wi' joy, an' negotiations were
at ance entered upon to haud the ploy at the earliest
possible meenit. The time was fixed by the combatants for
the day after that on which the conference was held,
in order to reduce the risks o' a malicious thaw spoilin' the
sport, an' wi' sax-an'-thirty 'oors o' frost there was a no' bad
sheet o' ice at the Mosshead, where the sports were to be
held, although it wasna juist sae strong aboot the middle as
micht hae been. Sae the day dawned brightly, an' by twal'
o'clock in the forenoon every livin' creatur' that could
afford the time, an' a guid puckle that shouldna hae affordit
it, were awa to witness or tak' pairt in the curlin' match.
The scene was a lichtsome ane, an' the buirdly chaps frae
Puddledub matched fine wi' oor ain chiels, an' a' were as
hearty as curlers can be. Sune the necessary preliminaries
were arranged, the rinks sweepit, the tee markit, an' a'thing
made ready, an' ere lang the air was ringin' wi' the birl o'
the stanes, the shouts o' the players, an' the applause o' the
onlookers when a guid shot was played, or their jeerin'
lauchter when some o' the stanes failed to cross the hog-
score, or played the deil amang the already weel-laid stanes
o' the player's ain side.

The fun o' the spectators wasna entirely left to onlookin'
at the game. A sma'er sheet o' ice at the boghole was
sune occupied by a score or twa o' them, a slide was
speedily briezed up, an' it was a sicht to do an auld

shoemaker's heart guid the way they "keepit the auld mannie's mill agaein'" on the slide, wearin' their tackets doon to the leather, an' giein' lively houps o' repairs that wad ere lang need to be dune—no' to mention the prospect o' briskness there was to the toon's tailor when a wheen o' the sliders gaed hauf the length o' the slide in a sittin' posture, to the sair detriment o' their breeks. But wha wad care aboot a pair o' buits or twa when plenty o' real

healthy enjoyment was to be got? Sae doon they gaed, ane after anither—some staunin', some hunkertys, some landin' safe at their journey's end, an' some gaein' heels owre head, takin' ithers wi' them, an' makin' sae toosled a possile at the end o' the slide that it was utterly impossible to tell which pair o' legs belanged to some particular head,—but a', nae maiter what resultit, in the best o' speerits, lauchin' like to split, their ruddy faces shinin' like hairst munes, an' their breaths steamin' awa whitely frae their mooths an' noses as if they were locomotive engines. Losh, it was a sicht that 'maist made a body feel young again, an' I was sair temptit to join the merry band mysel', an' dootless I wad hae dune it had I no' been restrained by the considera-tion that it takes me a' my micht noo-a-days to stand on ice, lat alane gaein' whirlin' awa doon at break-neck speed as I did awa back—weel, never mind hoo far back. I'm stechier noo than I was then, an' there seems to be mair corners on my anatomy than there were in the auld days, for I never fa' but I'm as stiff as a wuddie for twa or three days after it. It's a comfort to ken that the wicked only stand in slippery places, but I maun say that the arrangement is sometimes a hard ane to thole by guid folk like mysel'.

But I've got awa in my usual ramblin' way frae the curlin' match. Things were gaun on grandly there. There never had been sic a close match played. As end after end was finished, ony advantage gained by ae pairty was balanced the next time as sure as could be, an' the excitement was intense, no' only amon' the spectators, but also amon' the players. The cool generalship o' the skips was beyond a' praise, but wi' a' their generalship, they cudna get the better o' ane anither, an' when the last end had been played it was discovered that the game was equal. A consultation was held, an' it was decided that the tie should be played aff wi' ae end o' the first rink, sae a' stuid roond anxiously watchin' what was to be the result o' the deciding struggle.

Geordie Tapster, the innkeeper, was ane o' the players left in the field, an' notwithstandin' his auchteen stane o' solids, he had been as active as 'maist ony o' them. Ye wad hae thocht he was at baith ends o' the rink at ance, an' when a stane was like to come short o' its mission the way he sweepit an' better sweepit proved conclusively that he micht hae been a brilliant licht amang scaffies, if Providence had seen fit to ca' him to that sphere o' usefulness.

Sax o' the players had already birled their stanes awa up

the ice in fine style, an' only the twa skips were left to
mak' or mar the chances o' the match. Burnthewind, the
smith, was skip on oor side, an' a' een were fixed on him
to see what he was like to do. Puddledub lay fine for
coontin' twa, an' the Crowdiehowe players were a' for
smashin' in an' breakin' up the position; but Burnthewind
ne'er heeded their advice. Wi' a slow, steady swing the
stane was cannily slid oot o' his haund, an' birled awa up
the ice. As it crossed the hog-score the stane was far
wide o' the mark, but as it neared the tee it curled grandly
in, makin' a clean pat-lid, amid the shouts o' Crowdiehowe,
an' bringin' a depressed look into the faces o' the Puddle-
dub players. The Puddledub skip, hooever, kent his
business, an' as his stane tore owre the ice, it was evident
that do or die was his motto. On it gaed thunderin' till it
got amon' the stanes, knap-knappin' atween them, an'
scatterin' them richt an' left, leavin' the smith's pat-lid
exposed to the risk o' bein' chappit back by the next stane
that cam' up. To restore the guard was the smith's business,
an' grandly did the stane offer to fulfil its mission. Geordie
Tapster was to the fore wi' his besom, an' sweepit wi' a' his
micht an' main, roarin' oot, " I like ye fine," "Bonnie, my
man, bonnie," an' a' the ither words o' encouragement that

a stane wad like to hear;
but wow, wow, in his excite-
ment he neglectit to tak' tent
o' his fittin', an' his boisterous
enthusiasm ruined a'. As he
loupit wi' joy at the bonnie
shot, his heels played skyte
oot aneath him, an' his solid
avoirdupois cam' skelp doon on
the ice, gaein' clean through.
There was a pause o' a second,
an' then an ominous crack an' a tear was heard, an' a'body
made the best time they could to get safe to *terra firma* in

order to escape a dookin'. Tapster had a' that was left o'
the sheet o' ice to himsel', an' had to warstle ashore as best
he could. He was never in ony great danger, the deepest
place o' the pond no' bein' owre a fit an' a hauf. But as
the bottom was unca saft an' glaury, Geordie was a sad
mess when he got oot amon' the mire, his claes bein' a'
slaistered frae head to fit wi' mud an' clay.

The match was, of coorse, at an end, the ice bein' com-
pletely ruined, sae the game was declared a draw, an' the
twa Clubs set aff to Tapster's to do justice to the beef an'
greens an' ither fixin's. Puir Geordie Tapster couldna tak'
pairt in the denner, by reason o' bein' in his bed, rowed up
in blankets, an' plashin' his inside wi' het drinks, in houps
o' stavin' aff an attack o' rheumatism, that wasna unlikely
to follow his unexpected dookin'. But the end o' the ploy
took place in his presence. The denner-pairty adjourned to
Geordie's bedroom, an' wi' him as "My Lord," a coort was
held, "the stoup" bein' ultimately selt at seven shillin's an'
saxpence. The ice never held again that winter, sae that
the settlement o' which o' the rival toons were the best
curlers had again to be postponed, which maybe was the
best thing that could hae happened, seein' that it tended
to keep up the excitement.

CHAPTER XI.

GALVANISM IS LIFE.

 REAT are the marvels o' science, an' greater still is the marvellous indifference displayed by the average o' humanity to what science has dune. A battle tak's place, it may be in Egypt or Afghanistan, an' there's few wonder that there's ony news in Britain o' it next day, but hunders are fumin' an' frettin' because there's no' a full, true, an' particular accoont alang wi' their breakfast rows o' a'thing that has happened, frae the number o' bullets that hae bored holes into the Colonel o' the regiment, doon to the exact dimensions o' the slit that has been ca'd into the end o' the youngest drummer-laddie's noisy but spirit-stirrin' instrument. A body gets a telegram frae his friend in London, three hunder miles awa, an' if he sees need, he can stap into a carriage, clap the soles o' his buits on the tap o' a het-water can—if they're no' made o' gutty-perky—an' be in his friend's airms almost afore the water's cauld. My certy, saxty years syne if onybody wad hae ventured on sic rapid travellin', their friends wad hae expected them to be in Abraham's bosie in less time, if the claims o' the Evil Opposition hadna proved strongest, by

their meddlin' wi' sic awesome inventions. Even the news-
paper has become sae common that hardly onybody thinks o'
the wonderfu' deal o' trauchle an' fyke there's been afore
the penny that's chairged for it can be said to be honestly
earned. Look at the varied interests an' the wide-spread
geography that's representit in a page o' it. Glimpses are
gien o' the graspin' greed for territory o' the Czar o' Russia
in Central Asia ; the sellin' price o' Irish linens at New
York ; a volcanic eruption in Java, by which the geography
o' the country has been completely altered ; the price o'
coo-heel at Peterhead ; the heat o' the sun at Melbourne ;
the failure o' the tea crap in China ; the presentation o' a
shepherd-tartan kilt to the Premier ; a revolution in
Paris ; an' the dimensions o' the latest gigantic kail-
runt discovered at Markinch. An' woe betide the
unhappy editor o' a daily newspaper if ony o' the events
which he has occasion to record taen place the day afore
yesterday. A'thing maun be het an' reekin', an' the din o'
the printin' machines maun be rattlin' alang wi' the roar o'
the battle-field. I'm constrained to repeat the profound
observation that I began wi', an' which I've nae doot has
aften been said afore by ither philosophers—"Great are
the marvels o' science!"

The remarks in the foregoing paragraph hae been in-
spired by the upshot o' the accident which spoilt the great
curlin' match, and which eventually laid up Geordie Tapster
for sax weeks, he haein' to tak' shelter in Blanket Bay for
somethin' owre the period I hae named, in order to nurse a
severe attack o' rheumatism that laid him by the heels.
Whether it was by reason o' the extensive territory that
Geordie's big body afforded the rheums to revel in, or that
it was a by-ordinary severe attack, I dinna ken, but it was
a dour job to get the pain to flit, an' leave the puir man at
peace. Ane wad hae thocht that ilka joint in his body was
rackit wi' agony, an' he couldna wink an e'e, far less move
a leg, withoot yellin' oot as if he was bein' killed. Of

coorse, Geordie bein' in a public way, a'body kent o' his
illness, an' 'maist a'body kent o' a cure that was juist the
very thing for him. 'Deed, it's a maiter o' wonder to me hoo
folk should suffer frae rheumatism ava when there are sae
mony ways o' gettin' rid o' it. Mrs. Tapster is a kindly body,
that is ready to listen to 'maist onybody's suggestions,
an' is juist as ready to carry them oot ; an' the result was that
Geordie's carcass was subjectit to as mony different coorses o'
treatment as it wad hae been had a' the doctors o' the king-
dom been allooed to try their pet cures upon it. Bottle after
bottle o' patent lotions, at a cost o' a shillin' an' three bawbees,
were rubbit into his skin ; ae day he wad hae to sit on the
tap o' a tub o' bilin' water, wi' a blanket rowed roond him to
keep in a' the steam, till he lookit like a lobster ready for
eatin', and anither day he wad be dashed frae head to feet
wi' great jaws o' cauld water that 'maist froze his marrow.
Somebody wad come into the hoose, an' incidentally mention
that a mustard poultice placed on a sair joint had a won-
derfu' effect in movin' a rheumatic pain, an' in half an 'oor
Mrs. Tapster wad hae a' the mustard in the pairish spread
on patches o' cloots, an' sections o' them frescoed on divers
pairts o' Geordie's anatomy. Then when he was nae langer
able to bear the mustard, some ither auld wife wad come in
an' suggest that turpentine was a better thing than mustard,
an' in an 'oor or twa the turpentine was applied to the
places, already het enough wi' the mustard. The haill hoose
smelt like a painter's shop, while the soonds o' Geordie's
groans wad hae made ye think it was a dentist's surgery
at the gratis pu'in' 'oor. An' sae he girned an' suffered, an'
girned an' suffered again, till Foxe's *Book o' Martyrs* had lost
nearly a' its terrors, an' the sufferin's o' the victims recordit
in that cheerfu' an' edifyin' publication seemed to Geordie
merely a pleasant pastime when contrasted wi' what he had
to bear.

But at length he showed signs o' improvement,—a maist
gratifyin' thing to a'body concerned—no' omittin' the twa

dizzen folk that had been sae kind as to suggest the different cures. Ilka ane was quite sure that his or her special remedy was the ane that had dune a' the guid, an' on the day that Geordie was able to mak' his first pilgrimage o' fifty yards ilka close-head had somebody at it, declarin' here that "there was naethin' in the warld like mustard ;" there, that "the effects o' cauld water were perfectly wonderfu' ; " yonder, that "turpentine was the only cure for rheumatism that was worth a docken," an' sae on. They a' seemed to be mair convinced than ever o' the pooer o' their cures, an' dootless hae never missed an opportunity o' recommendin' them when an opportunity occurred ever since. But the puir victim o' their experiments was a sad sicht. To gang the fifty yairds he had to wear an oxter staff, an' no' bein' accustomed to sic artificial aids to locomotion, he made a puir job o' his hirplin'. The comfortable rotundity that had heretofore distinguished him aboot the waist had disappeared, an' gae his claes an amplitude that garred them look as gracefu' as a weet sheet dryin' on a palin'. Whaur skin was to be seen, great flaps o' it hung limp an' flabby, an' garred a body feel vexed that the epidermis o' humanity hadna an elasticity similar to that o' a collie pup, which aye fits fine, although you can pu' it a yaird an' a hauf awa frae the backbane o' the brute.

But Geordie Tapster wasna to remain a' his days the puir wreck that he was when he made his first appearance after his illness. As the buds began to mak' their appearance, and the fine sunny days cam' roond, Geordie began to resume his former sonsy condition. His claes grew to fit him better, an' the kinks o' skin on his cheeks gradually developed into the auld dimples as the shrinkage o' his flesh disappeared. His hearty lauch ere long was as lood as ever it was, although it was sometimes suddenly cut short as he screwed his mooth into a shoul when a twinge o' the rheums gaed stingin' through his banes, keepin' him in mind that mortal man wasna entirely independent o' the blessin' o' mustard poultices. He wasna sae fleet o' fit as he ance was either, an' aye when there was an east wind Geordie was sure to be in the mollygrubs.

Ae Friday a guid puckle weeks after Tapster had got better o' the warst o' his troubles, an' was juist bathered, as I hae hinted, at antrin times wi' the rheums, a puckle strollers reached oor place on their way to the toon frae some country fair they had been at. Saturday, of coorse, was the best day for bein' in the big toon, and they had decided that oor place wadna be a bad ane to rest in owre the Friday, an' at the same time to raik in ony odd coppers that the bairns an' ithers in the pairish micht hae to spend. Sae in coorse o' the forenoon they screwed thegither the bits o' sticks that formed their standies, an' in the afternoon displayed their fairlies to the gaze o' a' the onlookers. There was ane wi' a wheen microscopes, an' for a penny ye could see the leg o' a flech magnifeed to the size o' the leg o' a cuddy, the sting o' a wasp made as big as an elephant's trunk, an' a heap o' ither divertin' an' instructive things. There was anither ane wi' a machine for testin' the blawin' pooers, but I'm dootin' that it wasna very correct, for I noticed that the wind-pooer o' Sandy Dempster, wha is aye blawin' aboot himsel', wasna three-quarters sae big as my ain, an' I'm aboot the maist modest man in the pairish. There was a machine for reducin' to punds an' unces the exact amount o' force that could be put into onybody's airm when strikin' some ither body's nose; there was ane for giein' ye yer heicht, anither for yer weicht, an' anither for yer strength. There was ae stand where a commodity, that lookit like grease for creeshin' railway wagon-wheels was manufactured, but when ye taen a sowp o' it in yer mooth ye wad hae thocht ye had ta'en a bite o' an icicle, for it left ilka tooth in yer head stingin' wi' the cauld; but, abune a,' there was a galvanic battery that a wee touch o' gae ye the feelin' as if yer hands an' airms were sleepin', or as if an army o' fairies were takin' their fun owre ye by jobbin' ye a' owre wi' needles an' preens,

while a stronger shock o' it twistit ye a' up like a wilk, an'
garred ye roar for mercy.

This last marvel o' scientific skill taen the fancy o' Geordie
Tapster. He had been readin' somegate that galvanism was
a grand cure for rheumatism, an' as the wind had been frae
the east for some days, he was strongly remindit o' his pains.
Geordie decided that he wad hae as muckle relief as could
be got oot o' the galvanic battery. Doon he gaed to the
green whaur the stands were, an' explained a' that was
wrang wi' him to the mannie in chairge o' the battery. The
mannie wasna withoot some skill. He decided that to mak'
the shock effective in Tapster's case it wad hae to be sent
through a' his body, an' to manage this in the very best way
he riggit a buird oot o' a hamper below his stand, in which
he keepit his gibbles, an' fastened it by some bits o' copper
wire to the machine. If onybody had investigated the
hamper very closely, he micht hae learned that the mannie,
besides kennin' a lot aboot galvanism, had nae bad idea o'
what gaed to fill an empty belly, for a hare that hadna been
twenty-four 'oors dead, an' hadna dee'd in a legal way, wad
hae testified that the intervals o' leisure that science allooed
him were sometimes absorbed by the profitable diversion o'
poachin'. Tapster havin' ta'en his stand on the buird, an' a
grip o' the brass handles, sune had the satisfaction o' findin'
the dirl o' the galvanic battery a' through him. Seein' that
this wasna an ordinary pennyworth o' the machine, the pro-
prietor was maist attentive, screwin' on the strength wi' a
cautious and gradual hand, an' aye watchin' Tapster's face
to see if he was able to bear it.

Meanwhile a collie dog that had been snuff, snuffin' aboot
amon' the stands, had haen its attention attractit by the
dead hare that was in the galvanic battery man's hamper,
an' the doggie haein' similar opinions as to the toothsomeness
o' hare as the mannie, had cautiously drawn it oot o' the
hamper, an' was cannily makin' tracks for elsewhere, to
devour it at leisure, when the larceny was noticed by the

galvanist. Forgettin' that the strength o' the machine had just reached the point that Geordie Tapster found hardest to bear, the galvanist made a dart at the dog to recover the maukin. But the dog wasna to relinquish its prey sae easily, an' aff it gaed doon the street, the mannie pursuin' it wi' as muckle fervour as the prospects o' losin' his denner could inspire him wi'. Geordie Tapster was noo in a sair fix. He couldna let go the handles, do as he likit, an' the continual dirl o' the machine was past bearin'. An officious bystander gae a screw a twist, wi' a view to stop the current, but twisting it the wrang way in his ignorance, he made maiters waur. Geordie roared like a bull o' Bashan, an' twistit and twined as if he was daft. The yellin' attractit a'body frae the ither stands, but there was nae help, as naebody seemed to ken the workin' o' the machine.

At length Geordie's agony could bear it nae langer. A spasm twisted him a' up like a corkscrew, an' the next meenit he flang himsel' back owre, snappin' the copper wire attached to the handle, an' playin' clyte on his back on the road. He wad hae gotten a sair fa' had it no' been for the fact that his head came in contact wi' the stamick o' Dauvit Witherspoon, knockin' that worthy owre on the tap o' a crate o' young pigs that were for sale, smashin' twa spars o' the crate, an' lettin' the litter a' oot.

It taen aboot twa 'oors to catch the swine again, but the galvanic mannie cam' back aboot five meenits after the stramash, withoot haein' got back his denner. It is satisfactory to ken, hooever, that he wasna a'thegither a loser. When Tapster got owre the dirlin' and shakin' he had sustained, he found that his rheums were clean awa, an' he willingly gae the proprietor o' the machine five shillin's for the cure. Geordie has noo a sma' machine o' his ain, an' he is aye willin' to gie a bit dirl o' it to onybody wha wants to try a scientific substitute for mustard and turpentine if they speak him fair, an' dinna mak' owre mony allusions to the day he ca'd Dauvit Witherspoon heels owre head amon' the swine.

CHAPTER XII.

THE DANGERS O' PHILOSOPHICAL EXPERIMENTS.

ARM as is my admiration o' what Science has done in the past, an' houpfu' as I am o' what may yet be discovered in the future, I'm no' a'thegither in favour o' an indiscriminate research bein' instituted by a'body wha may hae a saxpence to spend on chemicals or machinery. "A little knowledge is a dangerous thing" it has been said, an' the truth o' the sayin' is doobly enforced when that little knowledge is connected wi' the wonderfu' forces that Nature hae put in the hands o' educatit humanity. The risks to life an' limb an' property are already numerous enough withoot haein' added to them the dangers that micht be entailed by daurin', wholly ignorant, or half-informed folks turnin' their hooses into laboratories, an' makin' experiments that micht be interestin' enough if they were successfu', but which, if they miscarried, micht distribute the experimenter an' hauf a dizzen unoffendin' citizens a' owre the country. If it was only the experimenters that were waftit awa in the blaze there michtna be muckle harm dune, an' naebody wad hae room to complain; but ither folk hae richts to be respectit, an' it's no' everybody that's sae fond o' the picturesque as to be gratefu' for a bird's-e'e view o' the country at the rate o' a mile in the meenit. I am for perfect liberty o' the subject, an' never questioned the richt the Chineeman had to burn doon his ain hoose that he micht enjoy the luxury o' roast pig ; but if in doin' sae he endangered mine, I was perfectly ready to hae something to say on the ither side. Ignorance o' the properties o' certain chemicals nearly burned me oot o' hoose an' haud the ither year, hence thae remarks.

Mr. Capsicum, oor chemist, aye does a big business aboot Hogmanay time in red and blue fire, which is set aff in great profusion by the young folks wha want to gie the New Year a luminous welcome, an' amon' them that intendit to assist at the ceremonies a year or twa syne was Pate Stewart, an apprentice joiner, that lodged in the hoose through the wa' frae whaur I bide. Pate had bocht fourpenceworth o' the stuff for makin' red fire as he gaed hame frae his wark, an' after he had got his supper he shiftit himsel', puttin' on his go-ashores, an' hingin' his workin' claes at the back o' the room door, leavin' the chemicals in his breek pouch. He had afterwards ta'en a stroll awa alang the road a bit. Hoo it cam' aboot I canna explain, but come it did : the stuff taen fire o' itsel'—by spontaneous combustion, I afterwards learned,—the mixture o' the different kinds o' chemicals haein' a tendency to that, juist the same as twa kinds o' white, quiet-lookin' powther put into water causes the ruction that mak's a fizzie drink. Losh, the fire made an awfu' stushie in the place. There was nae fire-engine in the pairish, but a' the wives had the presence o' mind to bring alang their buckets wi' them when they heard the alarm, an' in a quarter o' an 'oor the fire was oot, the only damages, wi' the exception o' the soss

by the weetin', bein' that Pate's breeks were completely
destroyed, the hauf o' his jacket was burned awa, his waist-
coat was sair scammit, an' the twa doonmaist panels o' the
door were charred hauf through. The repairin' o' the door
taen Pate maist pairt o' a fortnicht i' the forenichts, an' cost
him naething ; but the loss o' his claes was a serious maiter
to an apprentice laddie, although it formed a halesome lesson
to him no' to prank wi' blue or red fire for a while again.

The affair caused a hantle o' speak, an' maist folk were
o' opinion that Mr. Capsicum was muckle to blame for
sellin' sic dangerous stuff, but Capsicum never heeded, an'
selt awa when it was wantit. A kind o' poetical justice,
hooever, o'ertook him. He had got a new laddie in to
rin the messages, an' when he wasna deliverin' castor-oil
an' ither medicines, or sweepin' oot the shop, he had to
employ his time by washin' oot bottles, an' sic like odd
jobs. Ae day Capsicum had been awfu' busy, an' to get
through wi' the wark he telt the laddie to fill up an' cork
half a dizzen o' bottles wi' a white-like powther that was
waitin' mixed an' ready. This was a kind o' promotion to
the higher ranks o' the profession, an' the laddie hastened
to obey his instructions, bein' as prood as bull-beef o' the
confidence displayed in him by his maister. Whether a
rose by ony ither name wad smell different is never dootit,
but Mr. Capsicum kent that bakin' soda, tartaric acid, an'
some ither powthers mixed thegither an' ca'ed "Balm o'
Gilead," although they wad taste nae better than seidlitz
powthers, wad sell far better an' at bigger prices—sae there
maun be something in a name, in spite o' Shakespeare's
impressions to the contrary. This was the mixture the
laddie had to fill the bottles wi', an' having got thae
receptacles carefully washed oot, he proceeded wi' his com-
mission as fast as he could, pluggin' them up tichtly wi'
corks, an' settin' them on a shelf to wait till the bonny
labels were stuck on, which would transmogrifee them into
pure "Balm o' Gilead," o' which valuable medicine there

was nane genuine unless the label aforesaid was on the bottle. Aboot five meenits after the last bottle had been pluggit up, the back shop resoondit wi' a bang, an' ane o' the corks o' the bottles played ping up against the roof, an' stottit aff to gang bang through a lozen in the window. The crash o' the breakin' glass alarmed Mr. Capsicum, wha ran ben the hoose in time to catch a skelp on the nose frae the second cork that flew oot. While he was still haudin' his damaged nose, an' openin' his mooth to speer what was

the maiter, crash gaed a bottle that had been corkit tichter than the ithers, the broken glass fleein' in a' directions, an' ae bit bigger than the rest breakin' a bottle o' an evil-smellin' liquid, an' lattin' it rin a' owre the shelf an' doon to the floor. Capsicum an' his laddie ran for their lives to the door, or they wad hae been scomfished a'thegither. They gaed roond to the back o' the hoose, an' opened the window to let oot the smell, but owre late to save the life o' the druggist's cat, which had been steekit inside when the bottle o' ammonia was smashed. The cause o' the disaster had been that the laddie, after washin' the bottles, hadna thoroughly dried them, an' the wee drappie water generated the gases, which, no haein' room to expand, burst the bottles. After that time Capsicum aye superintendit the fillin' o' the bottles o' the "Balm o' Gilead" himsel', leavin' the laddie to paste on the important labels.

But ane o' the maist remarkable instances o' the dangers o' scientific research was the case o' Dauvit Witherspoon, wha was mentioned in the last chapter as havin' been ca'ed heels owre head aboon the cratefu' o' swine durin' the progress o' Geordie Tapster's experiment wi' the galvanic battery. Dauvit had been muckle ta'en up wi' the battery afore the back o' Geordie Tapster's head had knockit the wind oot o' him, an' after he had got his breath back, an' had helpit tae collect the escaped swine, he had a penny-worth o' the machine to ken the effecks o' it himsel'. He was real divertit wi' the canny bit dirl he got, an' resolved in his ain mind that he wad mak' mair acquaintance wi' the mysterious fluid whan opportunity served.

Ae day, whan lookin' owre his paper, he cam' across a paragraph which stated that a very palpable shock o' electricity could be got frae a black cat under certain circumstances, an' the paragraph further gae directions hoo to proceed—whaur to pit the hands, an' what to do— a' which Dauvit carefully conned owre, an' decided to put into execution. Dauvit was possessed o' a cat o' the necessary colour, an' a fine gaucy, sonsy animal it was. It was a real canny beast, an' fraterneesed wi' Dauvit's Dandie Dinmont like a very brither. The twa sleepit in ane anither's oxters on the mat in front o' the kitchen fire, ate oot o' the same dish, an' had never haen an ill word wi' ane anither, though they had a paction o' offence an' defence against a' ither dogs an' cats that ventured to trespass upon their territory. But much o' the amity that existed atween the twa beasts was due to the fact that nae partiality was shown to the ane ootbye the ither by Dauvit. If he saw fit to reward the wag o' Dandie's tail wi' a pat on the head, he immediately was sure to gie pussie a bit straik in the bygaun ; or if he gae pussie a bittie collop aff his plate, he aye had a bittie for Dandie tae, an' so a'thing was keepit square an' even.

But on the nicht that Dauvit had decided to mak' investigation regardin' the amount o' galvanism that could be got frae a cat's back, the rigid rule o' strict impartiality was broken through. After Dauvit had snoddit aff his parritch an' haen his smoke the experiments began. Takin' pussie up by the cuff o' the neck, he set the beastie on his knee, an' straikit its back to gie it confidence. Pussie seemed real weel content wi' the position to which it had been raised, an' sat purrin' awa; but Dandie wasna sae sair pleased. After he had concluded that pussie had haen lang enough o' the exaltit honours, he began to hasten

the time when his turn was to come by pushin' his nose into Dauvit's hand, scrapin' his knee wi' its feet, an' usin' ither doggish tokens o' his desire to be noticed. Dauvit was owre preoccupied wi' his investigations to be bathered wi' Dandie's caresses, an' he gae the beastie a bit skelp owre the nose to gar it be quiet an' no' disturb him. The green-eyed monster o' jealousy taen possession o' the doggie that very meenit. It seemed to at ance accept the unwontit neglect and the equally unwontit blow as an insult directly instigated by the cat, an' haein' a high-strung sense o' its ain offended dignity, decided that the insult could only be washed oot by bluid. Seein' pussie's tail hingin' doon, wi' a happy mind giein't a gracefu' sweep to an' fro, Dandie made up his mind to begin the feud at ance, an' accordingly laid haud o' it, hingin' on like grim death. The cat gae vent to a michty yell, an' no haein' cen near its tail was in ignorance o' the aggressor, an' concludin' that Dauvit was meditatin' some mischief, it fixed its teeth an' claws into the handiest places that it could reach, which happened to be Dauvit's broad coontenance, which was sune a' as weel scored as a sheet o' piano music.

Dauvit had enough o' galvanism, an' in his rage he garred the cat play bang to the ither side o' the room, the beast clawin' aff Mrs. Witherspoon's mutch in the bygaun, an' playin' clyte amon' the dishes in the plate-rack, whaur it knockit doon aboot three-an'-ninepence worth o' crockery. The Dandie Dinmont, thinkin' it hadna haen enough o' vengeance, boundit aff a chair on to the dresser, an' astonished the already sair-dumfoondered cat wi' a spirited attack, in coorse o' which ane o' the Dinmont's lugs was bitten through, a bad wound was made in the cat's shouther, an' a wash-hand basin was a' ca'ed to crockinieshin. Mrs. Witherspoon sailed into the fecht wi' some effect, an' wi' twa broadsides frae a besom pairtit the combatants, which she promptly drave oot o' the hoose, an' then turned to the assistance o' her husband.

He was a sad sicht, his face frae the een doon bein' scored wi' the cat's claws, an' a fine cross-cut scaur decoratin' his nose. A guid puckle o' his whisker had been hauled oot wi' the beast's hint legs, an' the marks o' its teeth were deeply imprintit on the thoom o' his left hand.

Mr. Capsicum had to be sent for, an' for a week Dauvit never left the hoose ; an' even when he did gang oot, there were three or four strips o' stickin' plaister doon his face, in addition to the bit that adorned his nose.

Dauvit tried nae mair experiments in galvanism. Ae dose o' it saired him. He had the guid sense to tak' a' the blame o' the disaster on himsel', an' after his first rage was owre he never made ony difference in his treatment o' the dog an' the cat. But it was observable that for a lang time the twa were hardly sae friendly as they had been afore the galvanic experiments had ta'en place, an' nae wonder. Sae I'm thinkin' it's guid for neither beast nor body to meddle wi' what they 're no' sure aboot.

CHAPTER XIII.

THE LOVES O' GEORDIE SIMPSON AND MARY WHITESHEAF.

HERE should be nae humiliation felt by onybody in makin' an apology. There is, of coorse, the humiliation o' bein' wrang, but when a body is convinced they are wrang in ony statement they hae made or action they hae dune, they should at ance mak' maiters richt as far as lies in their pooer, an' in doin' that the proodest-spiritit individual in the warld should hae nae cause to feel that he has lost dignity in the process. When I hear folk say that sic-an'-sic an ane is owre dignifeed to mak' an apology, I come to the conclusion that he has nae dignity aboot him, but just a wheen feckless pride, that disna hinder him frae doin' a wrang, but prevents makin' amends when he has dune it, for fear that if he condescendit the least bit folk wad forget his pretensions a'thegither. It's sometimes a lucky thing no' to hae owre muckle dignity to uphaud, but to be aye ready to jouk an' lat the jaw gang by.

I feel mysel' in an apologetic frame o' mind by reason that I hae discovered that my opinions aboot the to-a'-

appearance indifference o' Geordie Simpson to the loss o'
his sweetheart didna a'thegither do justice to that young
man. Some chapters back I mentioned that Mary had
been sent awa to Edinburgh for change o' air an' company,
an' that Simpson had pickit himsel' up wonderfu' in her
absence, gaein' aboot wi' his hair as snod an' his necktie
tied as neat as ever, an' wi' nae appearance o' ony o' the
dishevelment that some auld-fashioned folk think is decent
and discreet in sic circumstances. I wasna slow to lay
blame on him for his heartlessness, an' noo, when I ken that
nae heartlessness existed, I dinna mean to be ony slower in
takin' it aff. Simpson had the best o' reasons for lookin'
happy—the comfort o' the entire confidence an' a loving
correspondence wi' Mary Whitesheaf. Of coorse Simpson
had mair sense than gang blawin' aboot Crowdiehowe that
he had the best reasons for bein' happy, an' I micht hae
ta'en shelter an' avoided makin' the apology by allegin' that
appearances were against him ; but I'm to do naethin' o'
the kind—justice maun be dune, an' I herewith withdraw
a' that I said against him previously. When auld White-
sheaf put his veto on Mary meetin' Simpson, the lassie
pined awa ; but when she was removed to Edinburgh frae
the parental roof, the baker forgot a' aboot the conveniences
o' the penny post, wi' the result—it no' bein' forbidden—
that a brisk correspondence was at ance opened, to the
great comfort o' Simpson an' Mary, an' to the advantage o'
the revenues o' the postal department.

Mr. Whitesheaf had haen occasion to be in Edinburgh
on business, an' of coorse, as was natural, he gaed alang to
see his sister. Mary happened to be oot at the time, an'
her auntie had plenty o' time to tell him hoo fine his
dochter was comin' on, an' the rapid recovery that had been
apparent in her health an' speerits. The auld man was real
delighted wi' the news, an' by-an'-by, when Mary cam' in
an' gae ocular proof o' the improvement that had ta'en place,
Whitesheaf was dumfoondered at the health-giein' proper-

ties o' the air o' Auld Reekie, an' wad hae been willin' to
wager a saxpence that a trip to Edinburgh wad cure ony-
thing, frae a broken heart doon to an ingrowin' tae-nail.
He pleased Mary by listenin' to her accoont o' a' the sichts
an' ferlies she had seen in Edinburgh—the Castle an' Holy-
rood, the Gardens an' Arthur Seat, an' a' the ither bonnie
places that surroond the glorious auld city—an' Whitesheaf
huggit himsel' in the delusion that she had forgotten a'
aboot the separation frae her joe.

While the three were enjoyin' their tea, the postie
delivered a letter, an' as the auntie handit it owre to Mary
she made some jokin' remark aboot the Crowdiehowe folk
bein' real diligent letter-writers, no' kennin' that she was
lattin' a verra big cat oot o' the bag. Whitesheaf had never
thocht it necessary to gie his sister ony inklin' o' the state
o' maiters at Crowdiehowe, an' she had never ta'en thocht
that the frequent letters which were comin' an' gaein' werena
written wi' the full sanction o' her brither an' sister-in-law.
The remark she had made, hooever, garred Whitesheaf jump.
He kent brawly that his wife wadna write to her dochter
when she kent that he himsel' was to see her that day, sae,
wi' maist o' the geniality knockit oot o' him, he turned to
his dochter an' thundered oot—

" Wha 's that frae ? "

" Naebody," faltered Mary.

" Naebody," grunted Whitesheaf. " If it comes frae
naebody, it 's a curiosity I wad like to see. Hand it
owre."

" I wad raither no'," sobbed Mary.

" Wull my ain flesh an' bluid daur to disobey me ? Hand
it owre," said Whitesheaf.

" Tuts, man," said the auntie ; " there 's naething muckle
to mak' a wark aboot. Ye canna expect but that the lassie
will hae a joe. Ye did the same yoursel' when you was
young."

" Mind yer ain affairs, my guid woman, an' I 'll mind

mine," said the wrathfu' baker. "Will ye gie me that letter, or will ye no' ? "

Mary's sobs begood to be greetin'. Slowly she laid the letter doon, an' Whitesheaf, withoot ony regaird to the sanctity o' private correspondence, began to mak' himsel' maister o' the contents.

There was naething in the letter o' interest to onybody but to the twa sweethearts themsel's, but there was enough in it to mak' Whitesheaf the angriest baker that ever turned a batch. He stormed and raged, asked hoo lang this had been gaein' on, an' didna wait for an' answer ; ca'ed his sister up hill an' doon dale for no' puttin' a stop till 't, an' demandit that a' past correspondence should forthwith be put in his hands. Mary sabbit an' grat, but a' to nae purpose. He

demandit the key o' the bit trunkie that had carried her gibbles to Edinburgh, an' there he got a bundle o' letters tied up wi' a pink ribbon. The baker read them a' owre, tearin' Mary's heart-strings as he sneered an' 'tchawed at the sweet bits that had charmed her an' made separation frae Crowdiehowe bearable. When he had got through them a'

he had a pretty guid idea o' the coortship, hoo the corre-
spondence had begun, an' a' the rest o't.   In ane o' the
letters there was mention o' a scrap-album that Simpson had
sent to his dearie, an' reason or nane the angry baker wad
hae it tae.

Mary grat like as if her heart was to brak', but the tears
were to Whitesheaf like the water on a deuk's back.   The
album he wad hae, and naething but the album wad sair
him, sae oot the bookie was brocht.   A fell bonnie thing it
was, the moroccy leather bein' a' gildit, an' twa or three
bitties o' mair or less poetical effusions written inside o' it
by some o' the young folks that Mary had forgathered wi' in
Edinburgh.   Whitesheaf turned owre page after page till he
cam' to ane in the same handwrite as the letters, and there
he read as follows :—

"I've been a soldier, and have fought
  In many a raging battle strife ;
I've gained a radiant wreath of fame,
  Nor ever feared to risk my life.
I've faced the bullets' deadly shower,
  I've heard the cannon's opening roar,
I've triumphed at the deadly breach,
  Nor paled 'mid sickening fields of gore.

I've been a minstrel, and have sung
  Of blighted hopes, of love, of death ;
And hundreds round my harp have hung,
  And heard my lays with bated breath.
The weak would list with covert fear
  The tales of doughty deeds I've done ;
The brave with quickened pulse would hear
  Of foes o'erthrown, of glory won.

I've been a lawyer, and have gained
  Full many an almost hopeless cause ;
An actor, and have gained reward
  In an admiring world's applause ;

The author of a brilliant book ;
   A doctor battling with disease ;
A preacher swaying many minds ;
   A wealthy nabob at my ease.

All these I 've been, and many more,
   While Morpheus reigns supreme at night ;
When nought is heard save slumb'rous snore
   Then I 'm a hero in the fight.
At other times, I must confess,
   I 'm of that class of mortals meek
Who make of life the most they can
   Off five-and-thirty bob a week.

" *Crowdiehowe.*   G. S."

The baker read the effusion a' through till he cam' to the end o' it, an' then he said—

"Heth, it 's a peety he hadna been in the airms o' Morpheus when he saw the minster's coo. I 'm thinkin' he micht hae been braver then, and saved me the spoilin' o' a beefsteak pie. There 's been enough o' this kind o' thing. Ye 'll gang hame wi' me the nicht, and I 'll see that you dinna waste your bawbees on postage stamps, whatever he may do," concluded the baker, as wi' a newspaper an' a piece o' twine he began to mak' a bundle o' the letters an' album.

The auntie whimpered oot some protestations aboot the danger o' Mary fa'in' back into her dwinin' ways, but a' the thanks she got was the advice to mind her ain business for an auld match-makin' ass.

Sae in due coorse Mary Whitesheaf was ta'en hame, sternly forbidden no' to haud ony communication wi' Simpson either by word o' moo' or through the medium o' the penny post, an' her bundle o' treasured letters an' the cherished album were sent alang to Simpson next day, wi' the intimation that he wad better send a' his prose an' poetry alang to the grocer in future, as he micht use it for tyin' up half-ounces o' snuff.

An' sae Whitesheaf gaed aboot keepin' an active eye on Mary, an' scowlin' like a fiend on Simpson. He concludit that he had effectually crushed the young clerk's houps, but baith Simpson an' Mary had a comfort that Whitesheaf kent naething aboot. Ane o' the letters containin' an allusion to à little gold locket had missed Whitesheaf's notice, an' the locket no' bein' returned, Simpson had a guid guess that Mary hadna forgotten him, an' wasna a consentin' pairty to the proposal to hand his lovin' epistles owre to the unsympathetic e'e o' the snuffman.

Sae Simpson bided his time.

CHAPTER XIV.

THE VILLAGE WASTREL.

SUPPOSE a' ceevilised communities, big an' little, hame an' foreign, hae the experience that some ane or ither o' the inhabitants has a marked aptitude for gettin' into mischief o' a' kinds, an' in spite o' rhyme an' reason winna be induced to settle doon as quiet, decent bodies should. Characters o' this kind gain marked notice in a sma' community, but in bigger toons their vagaries are less kent o', probably owin' to folk payin' mair attention to their ain business than in sma' places whaur ilka body's business is hardly sae big as to fully occupy their attention, an' accordingly leaves some sma' leisure-time to devote to ither folk's affairs. Nor are thae characters confined to ae class o' society ony mair than to ae kind o' toon. The puir man's bairn may gang agley, may tak' to weirdless habits, may hing aboot public-hoose bars early an' late, an' may be graduatin' through a' the phases o' life that ultimately leads to the puirhoose or the jail. In a case like that the folks that ken him will haud up their hands an' say that his evil coorses are the effects o' bad trainin', or the want o' education, an imputation that, in a' probability, his mither an' faither hae little need to get thrown at them, considerin' that they hae enough to bear wi' the ne'er-do-weel wretch. But what aboot the higher class o' ne'er-do-weels—the rich man's waif? He's surely been weel trained; he has, in a' probability, got the best o' early educations, and maybe a finishing touch at some University. He comes hame fu' o' airs an' graces, but wi' a' his fine opportunities he disna hae the brains o' a hen. Sae he tak's his place in his faither's coontin'-hoose, when he's no' hingin' roond at flash bars mashin' the highly-got-up dames that preside at the altars o' Bacchus. The only thing he is proficient at is that he can gie a guid accoont o' himsel' at a game o' billiards; his highest idea o' pleasure is to narrate to stupids like himsel' that he's "had a deuced fine night last night," an' has a "blooming bad headache this morning." An' sae he sumphs through the warld, takin' his brandy an' soda regular every mornin', sookin' his paper cigarette, keepin' his head erect wi' stannin' collars because he hasna backbane enough to keep it up withoot some sic support, an' haein' a hunder reasons every day for thankin' Providence that he had a faither afore him, but withoot the harns to see ane o' them. In his case society is tolerant o' him, an' disna rin him into jail, simply because he's a harmless kind o' ass that's no' worth mindin'. But for a' that there's as muckle o' the wastrel aboot him, wi' a' his fine claes, his snod tie, an' his diamond ring, as there is aboot the lower class o' wauch characters that hing aboot low-class public-hooses, wear a snootit bonnet, an' affect a white bull-dog wi' a black patch owre ane o' its een.

We ance had a wastrel in oor place wha was ane o' the very warst kind o' a'. He didna hing aboot public-hooses certainly, nor was he a waster o' his means, but he had a

kind o' unsettled dare-deviltry aboot him that taen him
into hunders o' scrapes, yet wi' sae mony guid qualities
in his composition. that he was likit on a' hands. When
he was at the schule in the auld dominie's time, it was him
that was aye at the head o' a' the raids that were organised
against the neebourin' orchards. When a greedy auld
miser, that winna get the honour o' bein' named in thae
pages, had turned oot a puir body oot o' a hoose in the
dead o' winter because she was auchteen shillin's back wi'
her rent, it was him that led the sna'ba' attack on the
landlord. It was him wha was hauled up afore the Bailie
aboot that affair, and after a maist severe reprimand was
fined seven shillin's an' saxpence, which the Bailie paid oot
o' his ain pooch. He it was that induced half a dizzen
laddies to hae a swim in the mill-dam, when ane o' them
wad in a' probability hae been drowned but for the fact
that oor wastrel sprang in, at risk o' his ain life, an' managed
to get him hauled to the bank, whaur the miller, havin'
brocht the laddie to life, first gae the wastrel a saxpence for
his bravery an' afterwards kickit him a' owre the premises
for havin' incited his companions to swim in the dam. An'
sae he grew apace, a happy-go-lucky scamp, the pride o' a'
his companions an' the dread o' a' their parents. His daurin'
pranks roused the emulation o' the young folks an' grieved
the auld folks, wha ane an' a' prophesied that he wad come
to an ill end.

Sandy Gordon—that was oor wastrel's name, if I haena
mentioned it afore—got as guid early trainin' as ony young
body could. His faither was a hedger roond aboot, an'
made no' that ill pay, an' was able to gie his only laddie a
guid schulin', and did it ; but what could he do wi' a
callant wha was eternally playin' truant, an' costin' mair to
repair the mischief he did than it taen to feed him and
cleed him. His mither reasoned an' pleaded wi' him, an'
his faither reasoned wi' him an' thrashed him—a' to nae
purpose. He'd be awa fishin' the day, bird-nestin' the

morn, an' drivin' somebody's cairt the next day. He had
been twice brocht hame wi' broken banes ; ance he had been
hurled to his faither's hoose wi' a big bellyfu' o' saat water
in him, got by fa'in' into a deep place afore he could
swim ; an' ance he disappeared for twa days an' a nicht,
it having been afterwards discovered that he had daikered
awa saxteen miles to anither toon in order to lead hame a
blin' beggar whase dog had been pushioned by eatin' some

stuff at the roadside. It wasna that he was stupid—the
schulemaister aften expressed the opinion that if he wad but
stick in he wad beat a' the ither laddies in the schule, he
was sae gleg o' the uptak' ; but it was as if he couldna thole
the restrictions o' schule life—he wantit freedom—he wantit
to smell the fresh air. Sae a'body shook their heads, said

Sandy wad never be worth his saat, an' that in a' pro-
bability he wad form a bonnie tossil at the end o' a hemp
string.

As he grew up he carried himsel' wi' muckle the same
spirit that he displayed in his young days. He stuck
better to the business to which he was apprenticed than he
did to the teachin's o' Mr. Strappem, but that was maybe
due to the fact that Jamie Burnthewind, the blacksmith,
was a person o' great muscular pooer that widna stand
ony nonsense frae his apprentices ; an' if Gordon had made
his absences aftener than he had guid reason to show for
them he wad likely haen to thole a paikin' that wad hae
garred him pay attention to duty for a month or twa. But
he seemed to like the trade, an' so he stuck to it richt
manfully, the cheeriness o' the smiddy, an' the comin' an'
gaein' o' sae mony horses—o' which animal he was unca
fond—dootless a' bein' in favour o' the blacksmith business ;
an' as years gaed by he turned oot a fine manly-lookin'
chiel, wi' a lauchin' e'e that could wauken a smile on the
face o' ony lass in the country-side.

As he grew aulder he gae up the follies o' his young
days, but I'm sorry to say took to ithers that were far
waur. A wheen o' the lower class in the toon were lazy,
ne'er-do-weel scoondrels, wha made their livin' by poachin'.
Noo, I want it to be understood that I haud opinions aboot
the Game Laws that wad likely, if I were to put them in
practice, land me afore the Shirra or the Justices o' the
Peace. For instance, if I saw a maukin rinnin' owre a
field that could be easily nippit, I wadna hae the least
compunction o' giein' it a bit ca' owre, an' takin' it hame to
the guidwife to mak' a dinner o' it—if I thocht naebody saw
me. But to gang awa oot wi' snares an' nets in the nicht-
time, an' clear aff the game halesale, an' tak' it into toon an'
sell it to shops to mak' bawbees aff it, is a thing I cudna
awa wi' at a'. It's demoralisin' to the man that tak's pairt
in sic operations, an' a' that practise it sune fa' low in the

social scale. Amon' a band o' worthies o' this kind Sandy Gordon fell as he got to man's estate, an' mony a sair heart his mither had aboot the nichtly absences o' her laddie. I dinna believe that Sandy taen to poachin' for the sake o' the bawbees ; I 've mair belief that he was attrackit to it by the danger that was in it, an' wi' a likin' for the excitement and adventure that he nichtly experienced in ootwittin' the gamekeepers. In this last he was certainly very lucky. For months after he took up wi' his bad companions, he had been oot nicht after nicht, an' aye escapit, in spite o' the special efforts that were made for his capture.

The pitcher gangs ance owre aften to the well, hooever, an' ae nicht Sandy had been doggit frae his ain hoose to ane o' the woods, an' he was ta'en redhandit. He got a speedy trial, an' was fined £5, his gun bein' forfeited. After the fine he was mair o' a poacher than ever. A spirit o' revenge seemed to animate him, an' the game-keepers were harassed oot o' a' patience wi' the tricks he played them. A second time he was caught, an' £10 o' a penalty was imposed, wi' a hint that if he didna mend his ways there wad be something better for him next time. He was at his auld tricks again the very nicht after. He seemed to be incorrigible. But an incident happened that garred him cheenge his amusements. Ae day while he was shoein' a horse at the smiddy door, his practised ear noticed that there was something wrang wi' the rattle o' an' approachin' carriage, an' lookin' up frae his wark, he was horrifeed to see a carriage wi' twa frichtened horses tearin' along the road—a young lassie o' aboot thirteen tryin' her best to haud the brutes in, while her little brither cowered pale wi' terror beside her. To fling the horse's hoof oot o' his lap, an' to spring to the middle o' the road, was wi' Sandy the work o' a meenit. Flingin' up his hands, he tried to fricht the brutes into stoppin', but on they cam' rearin' wildly till within twa feet o' him. Makin' a spring at the bridles, Sandy was fairly lifted aff his feet, but he hung on, to come doon to earth again wi' a broken leg, but wi' his object achieved by the stoppin' o' the subdued brutes. The carriage belanged to the Laird o' the manor, an' the young lassie an' laddie were his son an' dochter. They had been oot for a drive, an' the coachman had left the dicky for a meenit to pu' some blue-bells at the roadside that had ta'en the lassie's fancy, when the horses startit. The lassie had pu'd at the reins as weel's she could, but the beasts had the bits in their teeth, an' her weak arm couldna check them.

Sandy Gordon was put in the carriage an' driven hame, whaur the best medical advice was sune at his bedside. The Laird cam' to see him, an' the best o' medicine an' meat was sent frae the Hoose. The Laird spoke o' his gratitude to Sandy for his brave rescue, an' spoke o' rememberin' him, but Sandy wad hae nane o' his rewards,

bein' gey sulky, as it was on the Laird's land he had been catched poachin'. The Laird sune saw he wasna welcome, sae he stoppit comin', but his dochter was a frequent visitor. It was sax weeks afore Sandy was able to be back at his wark, an' it was a fortnicht after that or he could try his hand at poachin' again. The first nicht he was oot he was pretty successfu', but the second nicht, as he was creepin' alang the inside o' a dry dyke, he was met fair in the face by twa o' the gamekeepers.

"It's a fine nicht, Sandy," said ane o' them. "Is yer leg aye keepin' better? Ye should tak' care o' it as ye're crossin' the slap alang there, the road's raither rough," an' on they passed.

Sandy was dumfoondered, an' hailin' them asked "what they meant by this kind o' nonsense."

"Oh," said ane o' them, "if ye want shootin', ye can tak' as muckle's ye like o't. We've orders no' to hinder ye."

Sandy turned roond an' gaed awa hame, an' frae that nicht he was never kent to gae oot poachin' again. The glamour o' danger was awa, an' the amusement was owre tame. It canna be said that he was gratefu' for the game-keepers' leniency, for he had hardly a ceevil word to say to them when they left a hare or a pair o' rabbits at his mither's ilka ither day or twa. His mither, puir body, was neither to haud nor bind wi' joy at Sandy's improve-ment, but whether she had reason to be thankfu' will be seen afterwards.

CHAPTER XV.

FRAE ILL TO WAUR.

APPY are the hearts o' the parents wha see their bairns growin' up aboot them, an' takin' kindly to the cares an' realities o' life, recognisin' that the ills that come maun be set alangside o' the guid, puttin' a stiff heart to a stey brae, an' doin' their best to mak' a name an' a position in the warld that will be nae discredit to them that come after them; an' miserable is the lot o' parents wha see their bairns ill content wi' their lot in life, an' pingin' an' grumblin' because they haena been born wi' a siller spune in their mooths. I'm no' sayin' that Sandy Gordon dislikit his humble position, or that he was mair than ordinarily discontentit wi' his lot merely frae the absence o' bawbees—far frae it. But he was possessed wi' a spirit for daurin' actions, an' a love for perilous adventure that made a quiet pairish like oors a place of perpetual punishment to him. The order that had been gi'en by the Laird to his gamekeeper regardin' Sandy's poachin' exploits taen a' the pleasure o' adventure oot o' them, an', as I said, Sandy gae up poachin' for guid an' a', greatly to the delight o' his puir auld mither, wha had been in continual terror between dread o' ill happenin' to her

laddie, an' hidin' his illegal ongauns frae his father.   For a
time Sandy settled doon to wark, an' bein' a journeyman by
this time, was a guid help to the auld folks, wha began to
be as prood o' their son as a cat is o' the only kitlin that
has been spared frae a watery grave.

But alas ! it was only for a time.   By-and-by he began
to forgaither wi' some o' his auld acquaintances, an' wi'
ithers wha werena even sae guid as them, an' late hame-
comin's an' sair hearts to the auld folks were again the rule.
Things gaed frae ill to waur, till he began to bide aff his
wark, the result bein' a row wi' auld Burnthewind, wha,
though sweer to pairt wi' a guid workman, couldna put up
wi' an unsteady ane.   An' sae Sandy was oot o' wark.
Maist folk when in a scrape o' that kind are sair harassed
for want o' siller, but, queerly enough, Sandy Gordon aye
had plenty.   He wad be awa for a day or twa at a time, an'
back he wad come wi' rowth o' siller to pay for claes an'
buits to himsel' an' drink to his auld poachin' freends ; but
nane o' it wad his mother tak' for his board an' lodgin', the
puir body no' haein' muckle theat o' siller that was won in a
way she didna ken o'.   Sae he gaed in an' cam' oot o' his
father's hoose, whaur his presence gae a kind o' pleasure, as
it was proof that he wasna in ony mischief at that time, an'
whaur his absence caused muckle dool an' sorrow.   The
folk aboot the pairish that prophesied an ill end to Sandy
shook their heads noo, an' hintit a dread that the rope was
spinnin' that wad feenish him.

But mysteries winna keep lang in a place like oors, an' it
sune began to be bruited aboot that Sandy had gi'en up
poachin' to tak' to smugglin', an' a veesit that was made to
Sandy's parents' hoose by twa or three Excisemen gae a
strong appearance o' truth to the story.   It appeared that
a nicht or twa afore a cargo o' speerits had been run ashore
frae a French lugger in oor bay, an' the Excise had got a
hint that Sandy Gordon was no' unlike ane o' the boat's
crew wha had assistit on the occasion.   Naething was got,

hooever, though a' Mrs. Gordon's presses an' kists were weel rummaged, sair to that puir body's shame an' grief. The Excise folks were chagrined at their ill success, an' werena ony better pleased at gettin' sair chaffed on their want o' luck by Sandy, wha met them at the door on their wa'-gaein'. They looked a hale warehoose o' cutlery at Sandy as they gaed awa, an' the look hintit that there wad be sair trouble for him if he ever fell into their clutches.

Time wore on, an' sax months gaed by. Sandy a' this time, sae far as was seen, had never wrocht a chap, but spent maist o' his time trailin' aboot durin' the day when he was at hame, an' disappearin' noo an' again for a day or twa at a time. He was as flush o' siller as ever, an' gaed aboot smokin' seegars—a fact, hooever, that apparently did nae guid to the only merchant that dealt in tobacco in oor pairish, for there never was ony diminution in the bundle o' "tippenys" that had adorned the shop window at a' times in the memory o' the auldest inhabitant. But wi' smugglin', as wi' a' ither malpractices, success begets carelessness, an' the secret o' a cargo that was to be landit wasna sae weel keepit as ithers had been afore, an' the Coastguard were on the ootlook. Everything had been prepared for

the successfu' end o' the venture by the smugglers, but things had been as weel lookit after for the capture by the authorities, an' when the boat gratit on the beach half a dizzen o' the Coastguard, wha had been in hidin', rushed doon wi' drawn cutlasses, an' twa o' them, rinnin' into the water, seized haud o' the bow o' the boat ; twa o' the smugglers' friends that were on the beach waitin' to help were arrested, an' had the handcuffs on them afore they kent whaur they were, an' it was apparent to the maist o' them on board the boat that the game was up.

Ane o' the boat's crew, hooever, wasna to lat himsel' be ta'en sae tamely. Rushin' forrit to the bow o' the boat, he tried to shove it aff wi' a boat-hook. Ane o' the Coastguard threatened him wi' his cutlass, but the smuggler, drappin' the boat-hook, wardit aff the cutlass, an' wi' a sudden blow o' his fist, gi'en wi' a' the weicht o' his body as he jamp oot o' the boat into the water, felled the Coastguardsman. Nippin' the cutlass oot o' his hand, the smuggler made a furious onslaught on the ither Coastguardsman, breakin' through his fencin' wi' sheer force, an' layin' his head open wi' a michty gash. A'thing had ta'en place sae quick that the officers on shore had hardly time to interfere, but when they saw their companion beaten doon, they made a rush into the water to seize Gordon,—for he it was that had made sae bauld a fecht—but he was owre nimble for them. In their haste they had a' come into the water, an' giein' ane o' them a clip wi' the cutlass, he jinkit past, an' was awa across the beach an' was sune seen scalin' the cliff, leavin' his wad-be captors in the lurch. A het chase was made by twa or three while the ithers secured the cargo an' smugglers, but feint a hair o' Sandy Gordon could be seen. Gordon's daurin' resistance made a great noise a' owre the country-side at the time, but in spite o' the maist active measures he managed to escape. His companions were clappit in jail an' ta'en afore their betters as sune as the Coastguardsmen were able to gie evidence, an' got auchteen months apiece. Had Gordon been caught he wad hae suffered far waur, for, in addition to the charge o' smugglin', he narrowly missed haein' to accoont for a man's life, the Coastguardsman being sae seriously hurt.

The thing blew by, as a'thing will blaw by, but Gordon was never mair heard o' in the pairish. Whaur he gaed or

what cam' o' him, naebody ever kent for certain. His
faither and mither seemed to ken as little aboot him as ony
ither body, an' baith o' them after his disappearance grew
auld an' dune-like afore their time. A'body sympatheesed
wi' them in their misfortunes, for naebody blamed them, an'
kindest o' a' were the Laird an' his family. When the
auld man was laid doon wi' his last illness, sax year after
his son's disappearance, the best o' a'thing was got for him,
but his heart seemed to be ca'd in by the loss o' his son, an'
he soughed awa, to be joined on the ither shore ere the
grass was green on his grave by the partner wha had shared
his sorrows.

Time is a great obliterator o' a' the records o' guid or ill
that's keepit by earthly folk, an' in the time a new genera-
tion tak's to reach manhood, ane has to hae left ahint him
a hantle o' guid or ill no' to be forgotten. An' sae was it
wi' Sandy Gordon an' his escapades. Only ane or twa o'
the auld residenters could hae mindit onything aboot him,
and even wi' them something had to be mentioned ere
Sandy's existence was brocht back to their memory after a
lapse o' twenty-seven years. Ae nicht there was a send
for me to gang to the manse. I supposed it wad be some
Session business, an' gaed awa owre-by after giein' my
face a bit dicht. But it wasna Session business ava.

When I gaed into the study there was a gentleman
sittin' wi' the minister. I had never seen him afore in my
life, sae far as I kent, an' yet he was a man that, ance
seen, wasna likely to be forgotten. His hair was grey, an'
cut short; heavy, shaggy e'ebroos an' a lang moustache
gae a military an' commandin' look to his face, an' he had
a' the appearance o' bein' the kind o' a man that when he
said "Gae," folk gaed, and didna stop to remonstrate. The
minister, wha had only been in the pairish aboot ten years,
said he had sent for me, as ane o' the auldest residenters,
to answer some questions that the gentleman, wha he
mentioned was Lieutenant-Colonel Alexander, wished to

speir at me, sae I sat doon to gie a' the information I could. Mr. Alexander speired a lot aboot the folks that had lived in the place aboot thirty years afore, an' amon' ither things asked if I mindit o' the Gordons, an' I gae him the story o' their death an' the disappearance o' Sandy. He was real civil, but he had a way aboot him that didna tend towards the encooragement o' familiarity. It was proposed that I should gang oot to the kirkyaird wi' them and point oot

whaur Mr. and Mrs. Gordon were buried, which I did, bein' positive o' the place by reason that it was in an oot-o'-the-way corner that hadna been used since, bein' a wee rocky an' ill to howk, sae that the auld gravedigger had been sweer to meddle wi' it again, an' the new man had ta'en the hint.

I left the minister an' Mr. Alexander thegither, an' I afterwards heard that he sleepit that nicht in the manse. Aboot twa months after the visit o' the Lieutenant-Colonel a handsome marble headstone was erected owre the grave o' the Gordons. The thing caused some winderin', but the only ane likely to ken onything aboot wha put it up was the minister, an' he held his tongue. Twa years after I read a paragraph in the newspapers announcing the death o' Lieutenant-Colonel Alexander, which had ta'en place at

Florence a week afore. The paragraph gae a short accoont o' his life, in coorse o' which it was stated that he had risen frae the ranks, haein' received his commission for an act o' gallantry performed in India, an' that he had risen to his high position in the army by a series o' brilliant services. There was nae mention as to whaur he belanged to, nor wha was his faither or mither, but frae the fact that a letter cam' to the Kirk-Session o' the pairish frae a London solicitor, statin' that the late Lieutenant-Colonel Alexander had willed fifteen hunder pounds to form a fund to be distributed amon' the puir ilka New Year's Day, I hae a strong suspicion that the Lieutenant-Colonel was oor wastrel, an' when I mooted the point to the minister he didna say I was wrang.

CHAPTER XVI.

DAUVIT WABSTER'S VOTE.

OR my ain pairt, I'm in favour o' a' extensions o' the franchise, o' whatever nature they may be, if they be broad enough to include as mony as possible into the fauld o' the happy band wha hae a vote. Truth to tell, puir folk dinna hae sae mony chances o' the excitement o' hacin' some honour paid to them that they can afford to throw awa ony o' them, an' the occasion o' a speeritit contest in a coonty is ane o' the best chances I ken o'. For four or five years a body may sotter aboot, gang oot an' in, wark an' warstle, eat an' sleep, an' feint a thocht will onybody waur on him as lang's he pays his debts. He's only a drap o' water in the great ocean o' life, an' wad hardly be missed, except maybe by the draps roon' aboot him. But ae day a dissolution or a retirement comes, an' the body that thocht naebody cared for him discovers that he's o' great interest to mony. He finds himsel' almost famous. He's nae langer a drap in the ocean, but a bonnie air-bubble floatin' on the surface, wi' the sun shinin' an'

116

garrin' a' the colours o' the rainbow glint on him. True, in
coorse o' time, the waves brak' owre him, an' he disappears
frae sicht, an' again becomes a mere drap o' water. But
what o' that?—his day o' glory leaves a pleasant memory o'
the past, an' a bricht hope for the future. Parliaments dinna
last for ever, an' the saat o' the earth wha was yesterday
slappin' me on the shouther like a brither, although he's
got his seat in a Chaumer o' Intellect the day, an' disna
ken me, may the morn be ance mair prood to tak' the auld
cobbler by the hand again. By a' means extend the
franchise, an' keep on extendin' it. The glories o' an
election mayna be muckle greater than the pleasures o' a
puirhoose Christmas denner, but considerin' that they come
sae seldom, an' that their splendour is no' dimmed by ither
frequent dissipations, they're a comfort o' some sort to
them that tak' pairt in them. There's nae earthly pleasures,
hooever, that dinna hae some risk o' pain accompanyin'
them, an' it's a fell tame election that disna leave some
quarrels an' heartburnin' ahint it.

We had a grand kick-up at ane o' oor elections a while
back. Oor coonty had been content wi' the services o' the ·
member wha had representit it for mony a year, in nae very
brilliant way certainly, but in a manner that was dignified
an' honourable alike to himsel' an' to them that returned
him. An' sae he was let sit as lang as he wad sit, an'
when he retired a' the political adventurers o' the kingdom
packit up their carpet-bags, consultit their gazetteers, an'
took train for Crowdiehowe. The spoutin', an' routin', an'
canvassin' that taen place for the maist feck o' a month
cowed a', an' 'maist a'body lost a pound or twa by the time
that was spent in listenin' to the aften-repeated assertion
that we were the maist intelligent body o' electors that the
warld ever saw, that the safety o' the Croon an' Constitution
restit on the way we voted, an' that the een o' Europe an'
America—no' to mention those o' some odd corners o' Asia
an' Africa whaur ceevilisation an' a speeritit foreign policy

had made some progress—were on us. An' sae we attendit
meetin' after meetin', an' cheered an' hooted as the speerit
moved us. We gaed on committees for this ane an' that
ane, an' if oor dearest freend happened to be on the opposi-
tion committee, we hatit him like soot—no' because o' ony
ill he had dune us, but a' for the glory an' safety o' the
Croon an' Constitution aforesaid.

The very wives taen pairt in the contest, bein' moved
thereto by the veesits o' the canvassers wha ca'ed to see them
when the guidmen were oot, an' buttered them wi' a view to
secure their influence in settlin' which way the guidmen
were to vote, an' the result was that lang-standin' stairhead
fechts were smoothed owre, an' women wha had indulged
in unlimited tea an' cookies thegither in bypast times gaed
frae speakin' to, but made ample amends by speakin' aboot,
ane anither. Auld confidences, which had been made under
the amelioratin' influences o' the tea an' cookies aforesaid,
were raikit up an' retailed to new friends owre fresh tea an'
cookies. A'thegither, a rank crap o' spite an' uncharitable-
ness grew up, the reapin' o' which caused muckle fash in
after-times. The result o' a' the meetin's an' bickerin's was
that the candidates dwindled awa, an' ultimately there was
only twa left to carry on the contest, which they did wi'
great vigour.

It's no' my intention to detail a' that taen place in con-
nection wi' the election, because, though I haena been
muckle oot o' my ain native place, I hae gumption enough
to ken that elections are a' penny pies, an' that onything
that micht hae happened in oor quarter wasna unlikely to
happen elsewhere, but I've merely alluded to the election
that I micht be able to chronicle the reason Dauvit Wabster
had for giein' his vote the way he did. In the days afore
the ballot it wasna very difficult to mak' a fell close guess
at the numbers o' "free an' independent" that were likely
to vote ae way or ither, an' when the contest was expected
to be a close ane, the excitement ran a' the higher as the

pollin' cam' nearer. A'body that was likely to vote were waitit on an' flattered or argued wi', whichever way was thocht wad do maist guid. The excitement had been sae great in Crowdiehowe that there was only ane or twa that hadna been pledged ae way or ither, an' amon' them was douce Dauvit Wabster, wha had guid enough reasons for haein' it in his pooer to vote ony way, or nae way ava, as it pleased himsel'.

Dauvit had the misfortin' to be deaf, an', like ithers wha suffer frae that infirmity, was a good deal deafer than he thocht himsel'. He was o' opinion that he managed to conceal his infirmity frae a'body that wasna very intimate wi' him, an' naething made him angrier than for onybody to mak' the slightest apparent exertion in an effort to mak' him hear. Folk that understood his ways tried to keep their faces in shape as weel as they could when speakin' to him, but yelled as lood as if they were sellin' fish at the same time. But the best way ava to catch Dauvit's lug was to get a haud o' a lady, wi' a clear, sharp, soprano voice, to impart information to him, an' in five meenits he wad ken mair than he wad hae dune in an 'oor if he had been listenin' to a man's voice, wi' maybe a heavy moustache hingin' owre his mooth, an' keepin' back half the soond. Ane o' the pairties wha were canvassin' the toon didna ken o' thae peculiarities, an' sae made nae special preparations when he ca'ed on Dauvit in the by-gaun to solicit his support.

Mr. Bland stappit up the garden, whaur Dauvit was trokin' awa, an' after strokin' his moustache doon, an' conjurin' up as pleasant a smile as he could, remarked that it was "a fine day."

Maist conversations begin wi' the weather, as Dauvit was weel aware, an' though he hadna heard what was said he made a rough guess at it, an' submitted that "it was no' that ill."

"I have called," said Mr. Bland, "to see if you approve of my opinions."

"Onions! Deed ay," said Dauvit ; "I'm just sawin' a puckle ingins."

"No, no," said Mr. Bland ; "it's your vote I seek."

"Weel, some folk like the leek better, as you say, but I'm no' fond o' them mysel'. The ingin's my favourite."

"I wish you to know," said Mr. Bland, "why I've called to-day."

"Pay! Weel, what wi' the trouble o' sawin' them, weedin' them, an' thinnin' them oot, they dinna pay owre weel."

"I have called about your vote."

"Oo ay, they mak' a fine flavour in the pot, withoot a doot. An' they're no' that ill in a pan either, if there's a bittie o' the hint quarter o' a coo alang wi' them."

"My friend," yelled Mr. Bland, "I am a candidate for Parliament."

"Peppermint! Oo ay, chewin' a blade o' it wad hae a

guid effect in killin' the smell o' ingins, but the smell o'
peppermint aboot ye gars it look as if ye had been takin' a
sweetie to pit awa the smell o' a dram."

"Peppermint be hanged ! I am not talking about pepper-
mint. I am speaking about the House of Commons."

"Weel, they are omens, but thae teetotal bodies pay a
lot o' attention to omens ; an' when they smell peppermint
they're aye ready to tak' it as an omen o' a sowp o' whisky
afore it."

"Will you give me your vote ?" yelled Mr. Bland, wi' a
look o' disgust.

"I see naething wrang wi' my coat. It's maybe no' sic
a guid ane as yours, but it's paid for, at ony rate, an' yer
tailor is the best judge if ye're tellin' the truth when ye say
the same. My certie, ye're no' blate to come into a body's
ain garden an' speak aboot their claes."

"Bless me," said Mr. Bland ; "you're quite mistaken."

"A paikin' ! I wad like to see ye gie me a paikin'. Lat
me tell you that though I'm auld I'm no' sae dune as ye
wad think. Twa can play at that game."

"I said you were mistaken," roared Mr. Bland, wi' a
supreme effort.

"Weel, maybe I am mistaken, but I dinna think it.
I'm as guid as you, for as young as ye are, an' as muckle's
ye think o' yersel', an' if ye dinna gang yer wa's quietly
we'll try wha's strongest."

"I came to solicit your vote," yelled Mr. Bland again,
as he swabbit the sweat frae his forehead.

"Weel, ye hinna ta'en the richt way to get it," said
Dauvit, wha at length had got a glimmer o' what his visitor
was ettlin' at. "Ye should aye keep a ceevil tongue in
your head when ye come on an errand o' that kind, an' no'
sneer at folk's auld claes an' threaten to gie them a paikin' ! "

"But I did nothing of the sort," roared Mr. Bland ; "you
mistook my meaning, you are so confoundedly deaf."

"Deaf ! Oh, deaf—am I ? Weel, maybe I am. If folk

keep a thing like a cat's tail hingin' owre their moo' it's ill
to hear, dootless.   Instead o' beggin' a vote, my bonnie
man, ye 've mair need o' a penny to pay a barber to scrape
that clorty thing aff yer upper lip.   Deaf—am I?   Weel,
Providence made me deaf, just as He made you impudent,
an' the less said aboot our afflictions the better.   Oot o'
my road ; I'm gaun to fling dung whaur ye 're stannin' ! "

An' fling dung Dauvit did, wi' a vigour that gae Mr.
Bland barely time to jump aside, an' mak' his way oot o'
the gate.   He gaed awa hame to his hotel wi' a fu' con-
sciousness that if he was at the head o' the poll it wadna
be by the exertions o' Dauvit Wabster.   Next day the
wife o' the ither candidate ca'ed on Dauvit.   She had a
voice like a bell, an' in five meenits after she began to crack
wi' him Dauvit was a pledged man, an' when the time
cam' he duly voted against Mr. Bland, to the last meenit
believin' that the Croon an' Constitution cudna be safe in
the hands o' a man wha had the daurin' impudence to
criticees the wearin' apparel o' his constituency.

CHAPTER XVII.

THE MIDNICHT ALARM.

I N my last chapter I alluded to the sair want that Dauvit Wabster suffered frae by reason o' his defective hearin'. The loss o' ony o' the senses is a misfortin' to auld or young alike, but I'm thinkin' it's a hantle waur to bear by a young body. When the lamp o' life begins to burn dim, folk expect that the senses winna be sae keen, an' allooance is made for them. But wi' a young lad or lass the unfortunate loss o' hearin' is doobly hard to bear. The warld is as green an' bonnie to their een as it is to those o' ithers, but the ability to communicate wi' freedom wi' their fellows is hampered. Their pleasures are circumscribed, and in business they are sair handicapped. No' bein' sae gleg in the uptak', they sometimes hing a meenit afore they mak' an answer, an' what is aften ta'en for stupidity is juist a physical infirmity that canna be helpit. To a' young folk that may be unfortunate enough to suffer frae dulness o' hearin' I wad say, Dinna be chappit doon in spirits aboot it; dinna try to hide yer misfortin'; but ye're no' needin' to proclaim it frae the hoosetaps either. Folk that you are no' likely aften to meet are no' needin' to be tellt, but folk that you are likely to meet aften should be tellt aboot it. Aye mind that it's better to be kent to

be deaf than it is to be thocht stupid, an' the strauchtforit
way is the way to secure the best results. When folk ken
what's the maiter they'll act accordingly, an' if they hae
onything worth the hearin' they'll likely speak oot, an' if
they dinna speak oot ye can juist come to the conclusion
that what they hae to say wasna worth the bather o' listenin'
to. Dinna be feared at the sneer or lauch o' the fule. If
folk lauch at ye merely *because* ye're deaf, gie them a wide
berth as puir empty-headit asses ; but if yer dulness o'
hearin' puts ye into ony funny scrape, be the first to lauch
at it yersel'. That's the way an acquaintance o' mine aye
did, an' the results were maist successfu'.

The acquaintance I refer to was Dauvit Wabster's strap-
pin' auldest son, an' he, like his faither, had the misfortune
to be deaf, but, unlike his faither, his deafness cam' on while
he was yet a young man. He tried a'thing for it, but the
mair he tried the waur he got, an' at length he was forced
to the conclusion that it was a pity he had tried sae muckle,
an' that he hadna been content wi' the advice gi'en to a
patient by auld Dr. Abernethy under similar circumstances :
"When you've to pick your ears, do it with your elbow."
The decision that he wad likely be deaf a' his days was ane
fu' o' bitterness to Peter Wabster, but Peter, bein' a fell
sensible chiel, cam' to the conclusion that the coorse o'
procedure that I've gi'en the reader in the first paragraph
was the best ane in the circumstances, an' sae he followed
it oot bauldly, an' began to discover that things were never
sae ill that they michtna hae been waur. He got a job in
Glasgow in an office, an' sune had made himsel' sae weel
acquaint wi' the wark in his depairtment that his want was
hardly noticed. His deafness didna stand in the way o'
his coortship either, an' afore he had been awa twa years
he had managed to get to the heart o' a Glasgow lassie, an'
was married in due coorse.

Dauvit had anither son ca'ed Alexander, a year or twa
younger than Peter, an' he had in coorse o' time grown up

tae, an' was makin' a stule in a lawyer's office in Dundee
the stappin'-stane o' his fortune in the warld. The laddies
werena aften at hame. Their mither had dee'd a curn years
afore, an' the hoose had sair missed the touches that a
woman's hand could gie it. Dauvit trokit aboot himsel',
an' did a' that he could, an' when Peter's wife taen a rin
through to Crowdiehowe, she gae the place an extra reddin'
up, an' sae he managed to warsle awa, though he led a
rather lanely life.

Ae nicht Alec had ta'en't in his head to tak' train frae
Dundee to see hoo his faither was gettin' on. He had to
walk to Crowdiehowe frae the neebourin' toon, but havin'
left early in the afternoon, he was hame in fine time o'
nicht. His faither was, of coorse, glad to see him, and
the twa sat doon an' had their cracks aboot their mutual
ongettin' frae the time they had last seen ane anither.
After the nicht had worn awa the twa gaed aff to their
beds—the auld man sleepin' in the box bed in the
kitchen, an' Alec takin' his rest ben the hoose, in the bed
whaur he an' his brither had sae aften sleepit in bypast
days. Sune a' soonds were hushed within the hoose, except
them that are no' uncommon whaur twa healthy men are
sleepin'.

As luck wad hae it, Peter Wabster had for twa or three
days been thinkin' o' takin' a rin through frae Glasgow
to Crowdiehowe to see his faither, and had finally made
up his mind on the very Saturday afternoon that Alec
had chosen for his visit. Peter cudna get awa frae
Glasgow till an afternoon train, an' as a result he was
dumpit doon twa miles an' a half frae Crowdiehowe
aboot eleven o'clock at nicht. It was of coorse pitch
dark at this time, but there was nae danger o' Peter
tynin' himsel'. He had gaen the road owre aften no' to
ken it. Sae, buttonin' up his coat, he turned his face
towards Crowdiehowe, an' stappit aff briskly towards his
auld hame. The road was less o' a difficulty in Peter's

een than was the question—Hoo was he to get into the hoose when he did reach it? He kent brawly that his  faither wad be beddit lang afore, an' he was equally cognisant o' the fact that ance his faither had gane aff to the Land o' Nod, it wad 'maist tak' a detachment o' the Salvation Army to rouse him. He didna care aboot makin' a row aboot the door an' waukenin' the neebours, so he cam' to the conclusion that he wad try to force up the door wi' his fit, an' explain maiters to his faither when he got inside and had waukened him. In due time Peter reached his faither's hoose, an' it bein' a' dark he proceedit to put his plan into operation, giein' the door a guid press wi' his knee.

Just as the aulder brither had reached the door, Alec, the younger, was in the middle o' a fearsome dream. He had been readin' some o' Fenimore Cooper's stories, an' in his sleep was awa on a wild prairie, when a wheen Indians made their appearance, hungerin' for his scalp. On the edge o' the prairie a hunter's log hut stood, an' to find safety Sandy had flown awa as hard's his legs could tak' him. Nearer an' nearer got the Indians as Alec scoured across the plain, but at length an' lang he reached the city o' refuge, rushin' in an' bangin' the door ahint him, an' leavin' the Indians at the ootside like to reeshil the door aff its hinges. Looder an' looder they hammered, an' at length Alec awoke wi' a start to realise that some pairt o' his dream was true, for somebody was evidently makin' a vigorous effort to brak' open the ootside door. To shove on his breeks an' to put his feet in his buits sae that he micht be the better able to do justice to the opera-tion if ony kickin' had to be dune, was wi' Alec the wark

o' a meenit, an' rushin' to the back o' the door, he roared
oot—

"Wha's there?"

Peter, on the ootside, bein' as deaf as a post, didna hear
the question, an' answered the question wi' anither reeshil.

"Oot o' this," roared Alec, "or I'll open the door an'
come oot an' murder ye."

Reeshil—reeshil.

"Oh, ye will hae it, will ye? Wait till I get a stick."

But afore he could get haud o' something that wad hae
guid effect in an argument, the door succumbed to the re-
peated assaults, an' played bang against the wa'. Alec seized
the intruder by the throat, thinkin' he was some scoondrel that
proposed to tak' advantage o' his puir auld faither, an' Peter,
wha had never heard hilt nor hair o' the roarin', was stunned
wi' surprise at findin' himsel' in the grips o' a young strappin'
chiel. Jumpin' to the conclusion that the young fellow

had been in the hoose for nae guid purpose, he tichtened his
grip tae, an' the twa were sune ruggin' an' rivin' at ane
anither like as if they were born enemies an' no' the sons
o' ae mither. At length ane o' them missed his fit owre a
grozer bush, an' baith o' them gaed clyte owre on an ingin-
bed, daudin' the young sprouts a' doon as they rowed owre
an' owre ane anither.

A' this rumpus wasna accomplished withoot some noise,
an' in aboot five meenits a curn o' the neebours cam' rinnin'
oot, makin' displays o' licht an' airy costumes that are no'

aften seen in public. Some o' them carried cannils, an some o' them had stable lanterns wi' them, an' when they got owre to Dauvit Wabster's ashpit—the place whence the noise was evidently comin'—they witnessed twa stalwart men to a' appearance thirstin' for ane anither's gore, an' kickin' up a tremendous stour amon' the accumulation o' ase.

The appearance o' the lichts put an end to the combat, an' the twa got up to their feet, but at the same time keepin' a haud o' ane anither's collar. Ilka ane gae his face a dicht owre, an' when the licht was turned on their faces a general recognition was the result. A roar o' lauchter frae Peter set a' the rest a-kecklin', an' ere lang the water was streamin' frae his een an' makin' lang rivulets o' mud doon his cheeks. But lauchin' disna last lang when there's a November wind whistlin' roond bare legs, an' sune 'maist a'body scoored aff to their beds to nurse their cauld feet back to heat again.

Peter an' Alec gaed awa in-by to the hoose, an' after a guid wash betaen themsel's to bed, hingin' up their claes to get a' the dryin' they could, wi' a view to makin' them brush the easier next day. Alec has haen mony a hearty lauch at the nicht he nearly chokit his brither for burglary, an' though he hasna stoppit readin' Fenimore Cooper's stories, yet he tries his best no' to dream aboot Indian warfare. Peter gangs aften to see his faither, but he aye tak's care aforehand to send a bawbee postcard to Alec, an' wi' thae precautions ta'en, there has been nae mair midnicht chokin' matches.

CHAPTER XVIII.

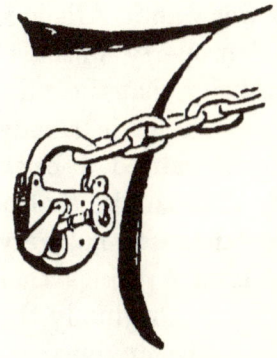HE stushie that was raised at the Wabsters' hoose by the late hame-comin' o' Peter had a guid lot o' the alarm wi' little o' the loss o' property that micht hae been had the late-comer been a burglar, as Alec supposed he was, the only loss bein' the waste o' energy expendit in the coorse o' the wrastlin' match, together wi' that which had to be expendit next day in daudin' oot the ase an' dried gutters that had adhered to their claes while rowin' owre an' owre ane anither in the parental midden-heap. There was considerable room for congratulation that things were nae waur, nor was there ony reason for attachin' blame to Alec for havin' been owre hasty in jumpin' to the conclusion that a burglary was intendit. Although the folk o' Crowdiehowe are a law-abidin' set o' folk, we are no' to be responsible for the casual stranger that may be within oor gates, an' owre aften there's a wheen deil'sbuckies trailin' aboot the country wha's respect for the Auchth Command is no' what it should be. No' aucht months afore Alec had got his scare an' Peter his tooslin' there was a deal o' speak aboot a burglary in Crowdiehowe an' its results, an' nae doot Alec had kent a' aboot it, an' was conse-

I

quently the mair ready to defend his faither's guids an' chattels wi' the memory o' the recent affair in his mind.

The victim o' the previous burglary was Jamie Allspice, the grocer, an' while the actual loss o' property wasna o' muckle moment, yet the feelin' o' insecurity that the misdoin's o' the misleared scoondrils set abroad made a'body uncomfortable, an' for four or five weeks caused a brisk business in the padlock trade. Jamie's shop is like that o' mony mair wha drive a guid country business—no' very braw to look at, but weel packit wi' a' kind o' things that are likely to be needit in a country pairish. Originally the hoose was ane o' ae story, an' when Jamie began business him an' his wife sleepit in the back shop; but the increase o' trade garred the guids invade the back shop, the increase o' bairns demandit mair room, an' the increase o' siller enabled Jamie to square things by puttin' a second story on aboon his shop, forby a too-fa' at the back, to be used as a washin'-hoose, coal-cellar, tattie-store, an' sic like. The access to the tap flat was by means o' a wooden stair, an' at nicht, after business 'oors, Jamie lockit his front door an' joined the bosom o' his family withoot ever haein' to cross his door-stap. Takin' the premises a' roond, they were as commodious an' handy as ony country grocer need wish to hae.

Ae Tuesday nicht Jamie lockit his door, an' emptied the till wi' a view to coontin' the siller after he gaed up the stair, an' left the shop satisfeed that a'thing was richt an' ticht. The bairns were a' beddit lang afore, an' ere lang Mr. and Mrs. Allspice retired to their slumbers wi' the zest that a hard day's wark an' an easy conscience aye gic. Naething occurred to disturb their sleep—no' a soond had been heard a' nicht, an' yet when Jamie cam' doon the stair in the mornin' he was dumfoondit to see the front door stannin' wide open, an' strong evidence aboot the raivelled shelves an' shop fittin's that somebody that had nae legitimate business in the place had been reengin' aboot in it.

Jamie taen prompt if no' very sensible measures for the

detection o' the thieves the meenit his mind had graspit the situation. Rinnin' to the stair-fit, he startled Mrs. Allspice an' waukened the youngest bairn by yellin' up—

" We've been robbit, woman ; we've been robbit ! "

An' then he banged oot at the door, an' ran fifty yairds doon the street yellin', " Stop thief ! " afore he mindit that in a' probability the burglars had some 'oors o' the start o' him, even if he had kent which road they had gaen. Back he cam' to the hoose, to discover Mrs. Allspice in hysterics, the infant blue in the face wi' greetin', an' the ither bairns rinnin' aboot in their bit sarkies, boo-hooin' like to brak' their hearts, under the impression that the burglars were likely yet to come back to finish the job by cuttin' aff their heads. Ane o' the neebours' wives cam' in aboot, havin' been alarmed by Jamie's roarin' " Stop thief ! " and she restored Mr. Allspice to an approach to his usual calm state o' mind by suggestin' that he should send  for the policeman. Sae the auldest laddie was hoisted into his breeks, an' sent alang for the representative o' the law.

When the policeman arrived he conductit himsel' wi' due regard to the importance o' the occasion an' the dignity an' majesty o' a terror to evildoers. He lookit at the coonter, an' he lookit at the stair. He lookit at the door frae the inside wi' baith een open, and then wi' ae e'e shut. He gaed ootside an' lookit at the door frae that point o' view. He examined the bolts an' the lock, an' tried the shutters, an' then he cam' in-by an' said no' a word—a' o' which proceedin's, if they werena likely to do ony guid, were business-like, an', together wi' the solemn silence he pre-served, had a mysteriousness that was very comfortin' to Jamie Allspice's agitatit mind.

Then he said : " Do ye miss onything ? "

At the first ootburst Mr. Allspice was ready to declare that at least twenty pounds' worth o' guids had been ta'en awa, but after pittin' things to richts an' giein' a guid look roond, it was discovered that nae sae very muckle had been ta'en after a'. Siller had evidently been what the rogues were after, but the till had been nearly emptied the nicht afore, only twa or three coppers bein' left, alang wi' a pewter shillin' that Mr. Allspice had got in the way o' business. The list o' missin' articles at length made oot comprised the coppers afore-mentioned, three postage stamps, a loaf, twa pots o' blackberry jam, an' a quarter o' a pound o' twist tobacco. A' thae items were carefully jottit doon in the policeman's bookie, an' are dootless yet recordit in the archives o' the undiscovered crime o' the coonty, for, notwith- standin' the superhuman efforts o' oor policeman, the bur- glars were never nabbit. The only clue that was ever got o' them was the discovery o' twa empty jelly-pots, bearin' the label used by Jamie Allspice's confectioner, lyin' at the dykeside aboot three miles awa, an' the fact that there was a hantle o' moolicks o' bread lyin' aboot was lookit on as evidence that the burglars had held a pic-nic thereaboots.

For a week after the burglary Mr. an' Mrs. Allspice got nae peace to sleep. The least mudge on the pairt o' ony o' the bairns after the licht was oot, or ony o' the triflin' soonds that brak' the silence o' nicht, was sure to be magnifeed into something dreadfu'. Every nicht Mrs. Allspice gaed to her bed declaring that she expectit to wauken next mornin' lyin' stark dead wi' her weasand slit by burglars, an' although Jamie didna mak' sae muckle noise aboot it, he was juist as feared. At length Jamie could nae langer stand the anxiety, an' he decided that the best thing he could do to preserve his property an' peace o' mind was to get a dog. Sae he put an adverteesement into the paper the next week : " Wanted, a dog. Apply to James Allspice, merchant, Crowdiehowe." The result was a great and abiding testimony to the value o' adverteesin'. The mornin' the paper appeared there was a perfect procession o' men wi' dogs, an' women wi' dogs, an' lassies wi' dogs, an' laddies wi' dogs, a' makin' as straucht a break for Crowdiehowe as the eccentricities o' a dog wi' a string roond its neck wad alloo. It lookit as if a' creation had ta'en to dealin' in dogs ; an' as Allspice hadna specifeed ony particular breed as bein' wantit, a' varieties o' dog-kind

were representit. There were lang-tailed dogs an' short-tailed dogs, straucht-tailed dogs an' bob-tailed dogs, an' dogs wi' nae tails at a'. There were bulldogs, wi' white glistenin' teeth, an' patches o' raw hide exposed a' owre their backs ; an' bonnie poodle dogs, that wad hae needit a steam-laundry a' to themsel's to keep their curly white coats clean. In front o' Allspice's shop the scene was like a perfect pandemonium, an' Jamie was compelled to lock his door an' assure the dealers frae the upstairs window that he had bocht as muckle dog as he was likely to need for some time. Some o' them gaed awa, takin' their dogs wi' them, an' ithers o' the crood took the strings aff the necks o' the bruits an' dismissed them to their ain devices wi' a hearty kick. A' day there were stray dogs seen gallopin' aboot Crowdie-howe, an' afore next mornin' maist o' the cats in the pairish had lost a lug, or had some ither bit o' their anatomy damaged.

Meanwhile Jamie Allspice had become the happy owner, at a cost o' three pound, o' a muckle halicat bruit o' the mastiff breed, aboot the size o' a young cauf. The beast was aboot fifteen months auld, was as fu' o' fun as a monkey, an' had a fit aboot the size o' Jamie Allspice's steekit neive. In the coorse o' the afternoon Jamie took it oot to gie 't the air, takin' the precaution to keep a haud o' the end o' the rope to which it was tied. It is popularly supposed that when a man taks oot a dog at the end o' a string he leads the dog, but in Jamie's case it was the very opposite. The dog straidled aboot whaurever it likit, an' towed Jamie after it. It hauled him here, an' it hauled him there, an' on ae occasion, when it wantit to cultivate the acquaintance o' anither dog, it twined the rope roond Jamie's legs an' coupit him on the braid o' his back. It was real affectionate, tae, an' in its anxiety to mak' a fraik wi' folk, it had a way o' pittin' its fore-paws on their chests to lick their faces, which usually had the result o' ca'in' them owre. Takin' a'thing roond, Jamie had mair exercise that afternoon than he bargained for, an' he was aboot the happiest and the weariest man in the pairish when he got the bruit hame again an' had it anchored to a staple in the back green.

Though Jamie was wearied an' ready for his rest when he gaed to his bed, the dog wasna disposed to let him enjoy it. After lockin' the front door, Jamie gaed awa up the stair, shuttin' the door ahint him, an' leavin' the dog in the shop. In aboot an 'oor after they had fa'en owre asleep, Mr. and Mrs. Allspice were waukened by a weird, bluid-curdlin' howl frae doonstairs. Yelp after yelp followed, an' Mrs. Allspice couldna rest. She had a strong belief that a dog howlin' through the nicht was an omen o' death; an' indeed I hae a strong faith in the same superstition mysel', havin' kent twa or three dogs that dee'd wi' sus-picious suddenness after spendin' twa or three nichts in

disquietin' a neebourhood wi' their untimeous prophecies.
Sae Jamie had to get oot o' his bed an' gang to the stair-
heid to quieten the dog. The puir bruit was lanely, an'
when it heard somebody speakin' til't it whackit its tail
against the floor an' whined wi' joy. Back gaed Jamie to
his bed, but he had hardly got his feet warmed again when
anither wail cam' ringin' up frae the shop. Jamie had to
get oot o' bed again an' again, an' it wasna till the daylicht
began to brak' that the dog consentit to haud its tongue
an' gie them a chance o' sleepin'. Next mornin' a weel-
chawed bane, which the nicht afore had been the biggest
hauf o' a ham, was lyin' on the shop floor, an' the dog was
lookin' as happy as a dog fu' o' ham an' the consciousness
o' duty fulfilled could do. Jamie concludit that the ham
had been what had occupied the beast's attention durin'
the twa or three 'oors that the family had been allooed to
sleep.

But the cup o' the dog's iniquities was filled to over-
flowin' on the second nicht that it was in the possession o'
Jamie. There was to be a magic-lantern exhibition in the
schuleroom, an' as a'body in the pairish was to be at it, an'
no' muckle chance o' business bein' dune, Jamie Allspice
decided to enjoy himsel' alang wi' his wife an' bairns. He
shut up the shop an 'oor an' a hauf earlier than usual, an'
leavin' the mastiff lockit inside, he awa to the exhibition
wi' the rest. Afore the entertainment was owre the nicht
was pitch dark ootside, an' at the scailin' Jamie collectit
his family aroond him, an' taen his way hame. When
he got to his shop door he put the key in at the keyhole,
when he was warned to be cautious by a maist fearfu'
growl. He turned the key, an' opened the door hauf an
inch, when the point o' a cauld nose an' the glint o' a
gleamin' e'e was seen at the openin', an' a snarlin' an'
snocherin' that cudna hae been surpassed by that heard
by the wicked coonsellors o' Darius when they were garred
tak' Daniel's place in the lions' den. He drew tae the door

instantly. The beast evidently kent that it was its duty to keep oot late intruders, an' as it hadna been lang acquaintit wi' Jamie, it had failed to discriminate between him an' a burglar. Jamie was feared to open the door in case the dog wad hae him torn to pieces afore it recognised him, sae he held it ajar aboot a quarter o' an inch, stuck his mooth to the openin', an' roared in, "Puir doggie!" "Doon, sir!" "Fine fellow!" "Iskey, iskey," an' a' ither blandishments that mak' dogs friendly. Whether Jamie's voice soondit strangely or the dog was a born idiot is no' kent, but a' Jamie's affectionate words were thrown awa, an' only made the bruit mair furious. Hauf an 'oor did Jamie spend in tryin' to get into his ain hoose, an' he was sair temptit to accept the offer o' a neebour to drive a bullet through the door an' into the camsteery animal, but he

didna ken hoo his guids micht suffer in the bombardment, an' he at length decided to gang alang to his sister's hoose an' mak' a shoot-by a' nicht on a shak'-doon, trustin' that daylicht wad mak' the bruit mair complowsible an' himsel' mair kenspeckil. Next mornin' he gaed alang at seven o'clock an' opened the door. By this time the dog was wearied wi' its lang, lanely watch, an' wad hae waggit its tail to Davie Haggert, Jack Sheppard, or ony ither eminent thief had it seen him, an' as it stappit oot, expectin' dootless some complimentary pattin' on the head for its vigilance, it was rewarded wi' a kick frae the side o' Jamie Allspice's fit. The beast cast ae reproachfu' glance on Jamie, an' then, puttin' its tail atween its legs, it made fu' use o' its opportunities by the absence o' a rope to mak' its way awa hame to the place it was brocht frae.

Jamie Allspice never speired after it, an' it was aye understood that if he had to mak' a choice atween dogs an' burglars, he wad in a' likelihood exhibit a preference for the latter.

CHAPTER XIX.

THE MACARTNEY LEGACY.

I HAVE sometimes thocht it was a thing to be regrettit that when folk dee'd they cudna tak' awa the bits o' bawbees that they 'd starved themsel's, wrocht themsel's, an' maybe ootraged honesty in scrapin' thegither. When I see the heartburnin's an' the wranglin's that tak' place among relations aboot twa or three pounds, I 'm clean scunnert. Dinna think that I hae a supreme contempt for siller. Far frae it. I ken as weel as onybody the moral an' social effect that a hunder or twa hae when opposite ane's name in the bank-books. I ken that the man wha is in thae happy circumstances can keep freends an' can mak' freends, while the puir bodies wha are maybe on the wrang side o' the book hae to bear mony a glumsh. And the individual wha can gang into the bank boldly an' scrieve aff his name on a bittie paper that represents a hunder or twa is respectit a' gaits, even though he is maybe nae better than he should be. He is the real man in authority. When he says "Gang," a'body rins. He 'll get a hunder folk to carry his handbag to the train, or tak' his arm if he be frail, whereas, had he been merely auld an' respectable, naebody wad look owre their shouther to help him. There 's nae doot aboot it that "Money mak's the mare to go" as weel as a hantle o' ither things, an' I 'm dootin' naebody was ever made better aware o'

138

the fact than was Ebenezer Macartney, some time o'
Crowdiehowe, an' noo o' the Pairish Kirkyaird.

Ebenezer Macartney wasna a miser, nor was he a spend-
thrift. He was believed to hae a lot o' siller ae way or
anither, an' though he wasna lavish in scatterin' it aboot
broadcast he was aye ready to pay his debts. He had led a
fairly busy life till he was aboot sax-an'-forty years auld,
never marryin' a' that time, but workin' awa at ootside
wark—no' makin' muckle wages, but aye haein' enough to
do his turn. But when he reached that age his spoke in
the wheel o' fortune cam' to the tap, an' he flang aside
scythe an' rake, an' vowed he'd tak' his ease the rest o' his
life. An auntie's man awa oot aboot California had dee'd,
an' the auntie, takin' the death sair to heart, followed aboot
twa months after, an' a' the bits o' bawbees were left to
Ebenezer, there bein' neither kith nor kin except him left
to stap into the inheritance. Naebody kent hoo muckle
siller Ebenezer had got, but onything connected wi'
California in thae days had a ring aboot it o' muckle gold,
an' it was considered that Ebenezer had fa'en into a fell
fat thing, an' was weel to pass in the warld. An' certainly
Ebenezer's actions didna help to mak' the general opinion
ony less firm. He quitted the wee roomie that he had
rentit for thirty shillin's a year, an' where he had hitherto
keepit his very humble domestic gods—makin' his ain
bed an' brose, an' doin' the ither nick-nacks necessary to
keep a tidy hoose, himsel'—an' taen a three-roomed cottage,
wi' a bittie garden in the front o' it, as his future residence.

Ebenezer's idea o' the big style keepit by great folks
was o' a very lowly kind. He gaed in for nae grand
furniture. His best room had a big white fir table in it,
three forms for visitors sittin' on, an' an airmchair. For
decoration there were twa or three auld office calendars an'
a picture o' Captain Kidd the pirate, got up in the highest
style o' art, an' wi' the largest amount o' colour obtainable
at an outlay of twopence. The floor was sandit, an' twa

or three spittoons were laid doon at places whaur they wad
likely be handy. The bedroom contained a bed, a big
white press, for keepin' claes in, an' a chair or twa. The
kitchen had a dresser, a chair, a plate-rack wi' some dishes,
a kettle, a pot or twa, an' that was a'. There was nae
table in the kitchen, for Ebenezer took a' his meals in state
in the best room, whether they consistit o' brose or kail,
washin' up the dishes after he was dune. The only thing
that was dune for him by ootside help was the washin' o'
the floor, an' a wee lassie attendit to this—washin' oot the
best room ance in the week, an' layin' doon fresh sand,
doin' up the kitchen ance in the month, an' giein' the
bedroom a screenge oot aboot ance in the sax months, an'
receivin' therefor certain sma' sums an' sundry promises
o' something better when the donor's will cam' to licht.

It maunna be thocht that because Ebenezer keepit sic
humble style in his domicile that he was freendless an'
neglectit. Nae fear o' him. There hardly ever was ony-
body that had sae mony freends. There was hardly a body
in the haill pairish o' Crowdiehowe but wad hae dune ony-
thing for him, an' when they saw onybody else doin' him a
turn they were as mad as a March hare. There were at
least three widow wives, rangin' frae thirty-twa to an
uncertain age that was a bit aboon the fifties, that for ten
years could hae 'maist cuttit ane anither's weasands aboot
him, an' slaistered an' made jelly an' jam an' gae him pots
o't, a' o' which Ebenezer blandly acceptit; an' though they
ere lang lost houps o' a matrimonial reward, yet aye con-
sidered themsel's pretty sure o' anither kind o' compensa-
tion when Ebenezer's will was read. The will, indeed, was
a'body's sheet-anchor; an' while a' the folk in Crowdiehowe
are aye willing to do a neebourly act, they were nane the
less ready if they had houps o' an earthly reward. Sae it
gradually cam' to be lookit on as a settled thing that
Ebenezer's wealth wad gang nae ill road, but that the
kindly citizens o' Crowdiehowe wad get it a' amon' them.

Nane o' us apparently thocht o' deein' afore Ebenezer, but
some o' us did, an' new generations grew up in the twenty
years that Ebenezer enjoyed his siller, an' followed the
example o' their predecessors in kindly attention to Eben-
ezer, an' houpfully waitin' for his death. The carrier never
thocht o' chairgin' Ebenezer for bringin' oot ony parcels
frae the toon; the grocer, of coorse, didna gie him his meat for
naething, but he aye taen care to gie him doon weicht when
he bocht guids, an' to throw a butter bake or some similar gift
into the bargain. When Ebenezer had to gang into the
toon twice a year to see his lawyer an' get his bawbees,
there was aye some o' the farmers roond aboot ready to gie
him a lift in the road an' oot again in their machine; a bag
o' tatties wad be drappit doon at Ebenezer's door, an'
samples o' early ingins, carrots, cabbages, an' sic like gear
wad be handit in, for Ebenezer did nae gardenin' himsel',
but allooed his bit yaird to run wild. Truth to tell, we
were a' intil 't, an' as hungry as hawks for the auld man's
siller; an' a certain shoemaker wha will be nameless did
a hantle o' odd jobs o' patchin' an' heelin' at divers times with-
oot seekin' ony ither compensation than that he wadna
appear singular by his name bein' left oot o' the document
that was to mak' sae mony happy. An' sae auld Ebenezer
toddled oot an' in, gettin' aye the ither bit troke dune for
him, an' enjoyin' life in a humdrum but to him no' disagree-
able way.

But as time wore on Macartney got mair an' mair frail
an' dune, an' at length he was laid by the heels a'thegither,
an' confined to bed, an' the neebourly kindness an attention
were redoobled. Some o' the mair anxious an' greedy
remindit Ebenezer that he should prepare for his end, an'
speired if he wadna like to see his lawyer, but Eben said
that was a' richt, an' his mind was at rest. The folk o'
Crowdiehowe had been kind to him—real kind; an' in
due time it wad be seen that he hadna forgotten them.
His will was made lang afore, an' he was 'maist sure that

naebody had been forgotten. Sae Ebenezer soughed awa like the end o' an auld sang, an' was gaithered to his faithers. As sune as he was dead intimation was sent to his man o' business, an' he sent oot a clerk to see a'thing connected wi' the funeral carried oot in accordance wi' the instructions that Ebenezer had left ahint him in his will, an' the expectant legatees had to possess their souls in patience during the intervenin' twa days afore the funeral, after which the will was to be read.

There never was sic a funeral seen at Crowdiehowe. The maist feck o' us even now keep up the kindly custom o' seein' ony respectit neebour decently happit in the moolds, but never was there sic a turn-oot afore nor since. Ilka ane thocht himsel' as sib to the siller as anither, an' sae a'body turned oot to lend a hand in carryin' auld Ebenezer up to the buryin'-grund, and after a' was owre a'body returned to Ebenezer's cottage to hear the will read. There wasna room for ae half o' them inside o' the hoose, sae ane o' the forms was brocht oot, an' the lawyer mountit on the end o' it, sae that the contents o' the will micht be heard by a'body.

It was an awfu' document wi' size, and taen the maist feck o' five-an'-twenty meenits to read it. The lawyer did his duty in a maist solemn way, although the solemnity was at ae moment spoiled by Geordie Tapster, wha, hearin' his name mentioned as a legatee for fifty pounds, got up hurriedly aff the end o' the form whaur he had been sittin', which allooed it to flee up an' coup the lawyer heels owre head amon' the crood. But that was a digression that didna tak' lang to rectifee, an' the lawyer was carefully gathered up, put richt end upmost, an' dichtit doon.

Truly there never was a happier band gaithered thegither at the readin' o' a will. The will was a'thegither a maist gratifeein' document, an' calculatit to put the inhabitants o' Crowdiehowe on the best o' terms wi' themsel's an' wi' a' ither body. It began wi' a' the usual declarations regardin' the soondness o' the testator's mind an' body, an' stipulated that his haill estate an' wealth was to be realised, an' that after a' his sick, deathbed, funeral, and law expenses had been provided for, "the estate was to be devoted to the ends and purposes hereinafter mentioned." Aboot twenty o' the leadin' inhabitants had been mindit by Ebenezer to the extent o' sums ranging frae seventeen pounds to fifty-five pounds, an' after a' thae had been saired, a sum o' ten pounds was to be handit to each o' the hooseholders that had occupied tenements in Crowdiehowe for a period o' twa years afore the testator's death. The will stipulated that if onybody had left Crowdiehowe, nae matter hoo short a time afore his death, they were to lose their share in the legacy. The balance after thae payments was to be handit owre to the Kirk Session for the benefit o' the puir.

The legatees nearly a' scailed awa hame to tell their wives 'o' the lucky windfa', an' only ane or twa were left wi' the lawyer. He gaed his wa's into the hoose, an' began tyin' up his papers as if he was for aff hame to the toon. Geordie Tapster, hooever, disna prove the complete truth o' Shakespeare's remarks when he says, " Fat paunches have lean pates," an' havin' had somethin' to do wi' law in by-past times, he ventured to ask the lawyer—

" Wad we no need executors appointed ?"

The lawyer gae a bit lauch, an' said, " No ; I don't think you need bother."

" But," said Geordie, "it's a heap o' siller to divide at haphazard, an' somebody should be appointed to see fair play."

" Oh, I 'll look after all that," said the lawyer.

" That's a' very weel, but wha's to look after you?" said Geordie, wi' a guid-humoured lauch.

" I sha'n't require any one to look after me."

" Oh, naebody's the waur o' bein' lookit after, an' I think if we were to see aboot the appointment o' somebody it wad ease your mind o' a deal o' responsibility."

" Well, Mr. Tapster, I'm not offended at your remarks, and in most cases I would be inclined to agree with you that we would be better to have trustees, but not in this case."

" Ay, na.   Hoo that ?" said Geordie.

" Because there are no funds."

" Nae funds !   Ebenezer Macartney's will is in yer hands there, willin' awa owre five thoosand pounds—an' you say there's nae funds.   What do you mean ? "

" Just what I say, Mr. Tapster.   There are no funds. Macartney, although he has treated you all handsomely in his will, died without leaving a halfpenny more than will pay his funeral and other expenses.   My expenses were paid many years ago, when the will was made."

" Whaur's his bawbees gaen to, then ? "

" That is easily explained.   His aunt left him seven hundred pounds, and with that sum he purchased an annuity, payable half-yearly.   This sum was sufficient to supply his plain wants, and enable him to pay his way. Many years ago, when he was in getting his half-year's money, he called on me and asked if I would make his will.

As lawyers have often to humour their clients, I agreed to write out his will, and took down his instructions as you now find them. Once or twice he made alterations as he went along, adding five or ten pounds to some of the legacies, giving as an excuse that he might as well do it handsome when he was at it. After the will was made, he stipulated that I would read it after the funeral, and paid me on the spot for to-day's trouble, as well as for the drawing up of the will."

The twa or three that had waited to see the upshot o' Geordie's crack wi' the lawyer were the blankest-lookin' lot ever seen for aboot five meenits, an' then the ludicrousness o' the haill affair struck them, an' they lauched till they grat. The news gaed through the toon like wildfire, an' next day a Committee o' Investigation waitit on the lawyer, wha proved to their satisfaction that a' he had said the previous day was true. The disappointment was overwhelming, but it juist had to be borne. Opinions differed sair for lang, an' do sae yet, as to Ebenezer's reasons for makin' the will. Some had it that he was daft, an' thocht he had the siller ; ithers believed that he kent brawly that he didna hae the siller, but wantit to let his neebours see hoo he wad hae rewarded them if he had been able ; but by far the greater number were o' opinion that the auld man had ta'en that way to administer a severe rebuke to the fortune-hunters wha had beset him. It is maybe a pity we canna be exactly sure what his reasons were. It wad hae been some satisfaction to hae kent, as by that means there micht hae been a great moral lesson learnt frae the story o' the Macartney Legacy.

CHAPTER XX.

WHEN a lad an' a lass hae set their hearts on ane anither, the faither wha mak's up his mind to keep them sindry has his wark cut oot for him. His ill success gey aften proves the truth o' the auld sayin' that "twa heads are better than ane." It's a kind o' a triangular duel in which a' three are fechtin' for themsel's to some extent, but wi' the difference that twa oot o' the three hae a common aim. If the twa hae ony means o' communicatin' wi' ane anither sae that their plans can work in unison, it's a houpless case for the odd man, an' he may as weel throw up the game at ance, an' gie in ; but if he can manage to stop a' communication, there is some houp for him, although it's a sair trauchle to be eternally watchin' an' spyin'.

Oor worthy baker Whitesheaf, after bringin' hame his dochter Mary frae Edinburgh, taen every precaution possible that nae communication should pass atween her and Simpson. He was a wee anxious for a while when he saw his dochter beginnin' to look fell shilpit again, but in coorse o' aboot twa months she had to a' appearance got owre her love-stoond, an' was lookin' as brisk an' as bonnie as ever. Whitesheaf never relaxed his vigilance, hooever. He gaed the length o' shiftin' his seat in the kirk, choosin' a pew that cudna be seen frae Simpson's seat withoot danger o' that worthy giein' his neck a twist that wad keep it sair for a week, an' even then only giein' him the satisfaction o' seein' the rim o' Mary's hat as it showed roond the side o' a pillar that supported the laft. Mary had gaen back to the Sabbath-schule an' resumed teachin' her class, an' as Whitesheaf cudna very weel forbid her doin' her Christian duty withoot fa'in' into loggerheads wi' the minister, he made the best he could o' it, an' taen up a class himsel', an' was there seen doin' his best to hammer "justification" an' "redemption" into the heads o' a puckle hobbledehoys. The Musical Association, tae, made a strong representation aboot the need there was for Mary's fine soprano voice in the piece they were practisin' for the annual concert to provide coals for the puir, an' as Whitesheaf cudna keep Mary awa withoot causin' mair speak than he cared to face, he allooed her to gang; an' no' only that, but he joined the Association himsel', an' took his place amon' the bass singers, although he didna ken a B flat frae a bull's fit. Hooever he opened his mooth when he saw ithers do it, an' screwed up his face an' showled like the lave o' them, an' as he was cautious no' to mak' ony noise, he managed to save appearances, an' got the reputation o' havin' been an enthusiastic singer at some period o' his life. An' sae Whitesheaf watched an' rejoiced at his success in keepin' the twa sweethearts apart. A' letters that cam' to the hoose were jealously inspected, an' as it was weel kent that Whitesheaf was prompt to wrath, an' wasna a pleasant man by ony means when in anger, there was naebody wha wad hae cared to risk a collieshangie wi' him by actin' as a gae-between, even if they had been asked.

But in spite o' a' Whitesheaf's vigilance the lovers were keepin' up a brisk correspondence under his very nose, an' had even contrived to meet ance or twice, an' this corre-

spondence an' communion had been carried on withoot the
intervention o' human help. Mary had got a present twa
or three year afore o' ane o' thae white-haired curly French
poodle doggies, an' had made a perfect tea-drinker o' the
beast. It was aye gettin' biscuits an' sweeties frae Mary,
an' it was fair daft aboot her. In happier times, when
Simpson an' Mary had ta'en their walks thegither, Flossie
had aye been wi' them, an' the beastie sune had a fell
troke wi' Simpson. On the principle o' "Love me love my
dog," Simpson did a'thing in his pooer to mak' the affection
greater, an' havin' discovered that Flossie had a weakness
for sugarellie buttons, Simpson had made it a habit to hae
ane or twa o' thae sweetmeats in his pouch on coortin'
nichts. Instinct is capable o' marvellous developments
when it is connected wi' onything for eatin', an' it wasna
difficult for the doggie to be able to connect Simpson in its
mind wi' sugarellie buttons, an' naething was mair natural
for the beast when it taen a thocht that it was in want o'
refreshment o' that kind than to tak' its road alang to
Simpson's, wha wasna slow to reward it. When the
enforced separation taen place atween the lovers, Simpson
sune discovered that he had cast his sugarellie buttons on
the waters to be returned again. The occasional visits o'
Flossie were a comfort to the puir chiel in his loneliness,
as bein' somethin' that was connectit wi' his joe, an' ae day
when he was pattin' Flossie on the head he noticed that it
had on its neck a bonnie worsit collar, which he dootit
not had been wrocht by the fair hands o' its mistress.

The inspiration flashed on Simpson's mind—Could he no'
use Flossie as a means o' communication wi' Mary? The
doggie's visits to him werena noticed, an' as he kent that
the beastie was maist aye wi' Mary, the chances were that
she micht be the first to discover onything peculiar aboot
the collar. So, takin' a bittie o' paper, he wrote on it,
"Dear Mary," an' wi' a stockin' needle an' a bit worsit he
steekit it on the inside o' the collar, fastened it on Flossie's

neck, an' havin' rewarded the doggie wi' its covetit sweet-meat, he dismissed it. It was a gey puir chance, but lovers' hopes are high. The twa words micht fa' into the baker's hauds, but if they did they cudna mak' him ony waur than he was afore, whauras, if they fell into Mary's hands, a new means o' communication micht be established. He was an anxious banker's clerk a' that nicht, an' next day when he saw Flossie, wi' its tail waggin', trottin' alang in the direction o' his lodgin's he could hardly breathe wi' impatience. The doggie's collar was inspectit afore it got its sweetie, an' there, to Simpson's disappointment, was his ain bit paperie wi' "Dear Mary" starin' him in the face. Anither day passed, an' when Flossie made its appearance the paper was still there. But on the third day Flossie cam' alang in a' the glory o' bein' new washed, au' when Simpson inspected the collar, to his delight he saw that his paper was awa, an' anither ane bearin' the words "Dear, dear Geordie" in Mary's weel-kent handwritin' was in its place. Flossie got mair black-sugar buttons than was guid for it that day. Mary had ta'en the hint wi' a woman's quick wit. Ere lang Flossie was rejoicin' in the possession o' anither wrocht worsit collar, an' if onybody had examined it narrowly they wad hae seen that there was a wee pouch in it that wad haud a fell bit letterie if the writers were gifted wi' the knack o' neat penmanship.

Facilities for communication bein' thus opened by means o' this novel rival to the penny post, letters atween the twa were frequent; but letters, though better than naethin' ava, are far frae satisfeein' to twa young souls wha want to commune wi' ane anither, an' it wasna lang ere Simpson was doin' his best to hit on some scheme whereby they micht hae a meetin'. As a'body mayna hae seen Crowdie-howe, I may explain that the street whaur Whitesheaf bides is the northmost ane o' the toon, an' rins east an' wast; the hooses a' face the road, an' the gardens rin awa back till they are bounded on the north by the burn that rins east

frae the mill-dam after turnin' the wheel.   The burn is
fell deep—maybe aboot three fit or sae—an' is considered
sufficient protection to the bottoms o' the gardens, sae that
few hae palin's. A' the gardens end in a wee bittie
bleachin'-green, the burn bein' handy for water an' for
syndin' claes, an' maist o' them hae their privacy better
secured by a raw or twa o' lang saughs that shut oot the
view o' onybody that micht hae occasion to be walkin'
alang the fit-path that skirts the field on the north side o'
the burn.

It was this fit-path, together wi' the saughs, that affordit
Mary an' Simpson opportunity o' meetin'. In ane o' the
notes intrusted to Flossie, Simpson had asked Mary to
mak' an errand doon to the bleachin'-green in the gloamin',

an' she, naething loath, had gaen, wi' the result that
Simpson was there waitin', havin' manufactured a brig
across the burn wi' the aid o' twa auld palin' slabs.   I mak'
nae doot the twa had lots to crack aboot after their lang
separation, an' were able to hae a guid lauch at the way
they had ootwitted the parental authority. It's no' kent
hoo aften they had met at the burnside, but they met
ance owre aften for the preservation o' their secret. Ae
nicht Whitesheaf had discovered what he thought were

evidences o' a leak in the roof o' the hoose, a damp-like mark havin' formed on the ceilin' o' ane o' the rooms. Whitesheaf climbed awa up, an' havin' creepit alang amon' the couples, he cam' to a wee skylicht for lettin' in licht, an' here he found that the weet had been gettin' in. Shovin' up the glass pane, he hammered the lead frame a wee closer, to see if that wad do ony guid, an' had just completit the job, when, castin' his e'e doon the garden, as he cudna hae dune if he had been doon the stair, he saw twa figures. Ane o' them wasna unlike Mary, an' he concludit that the ither wad be Simpson, though he cudna mak' sure in the gloamin'. The twa were evidently pairtin', an' he waitit till Mary cam' up the garden a piece, an' made himsel' sure that it was her.

Here was a bonnie dooncome to Whitesheaf's fancied severance o' the twa lovers. He was as angry as angry could be, an' had made up his mind afore he got doon the stair to charge Mary wi' her duplicity in encouragin' Simpson to come aboot her in defiance o' his express command. But ither thochts cam' into his head. He could chastise or reprimand his ain flesh an' bluid whan he likit, but that was nae comfort ava. He wantit to reach the ane he considered the prime evil-doer—Simpson—sae he decided to wait till next day an' see if he cudna hit upon some scheme that wad sort him. Next mornin' he was awa doon early to inspect the ground at the burnside. He discovered the primitive brig that Simpson had built wi' the palin' slabs, an' cam' to the conclusion that, slim as they were, they wad suit his purpose better if they were sawn half through frae the lower side. This he did, an' replacin' them as he found them, he lookit roond for some place whaur he could conceal himsel' so as to be able to catch the twa sweethearts thegither. When gloamin' cam', Whitesheaf put on his coat an' hat, an' awa up the street, as ostentatiously as possible, in order to mak' Mary believe that the coast was clear. Makin' a wide circuit the

opposite way frae that Simpson wad be likely to come, the
baker sune approached the fit o' his ain garden frae the
north side. Just as he cam' forrit he got a bit glisk o'
Mary's print frock as she was comin' oot o' the hoose, an'
he also saw Geordie Simpson, as he believed, comin' alang
the fit-path, so he had to hurry to get hid afore the twa saw
him. Takin' a rinnin' jump, he made a spring across the
burn to reach his bidey-hole, but he miscalculated the
distance, lichtin' in the water aboot a fit frae the ither
side, an' drivin' his buits deep doon into the glaur. When
Mary an' Simpson approached their trystin'-place, it was to
behold the spectacle o' Whitesheaf stannin' up to his knees

in the water, an' evidently doin' his best to rug his legs oot
o' the mud-trap. Mary, of coorse, screamed, an' Simpson,
forgettin' a' the animosity that had been displayed by the
baker, hastened to his assistance ; but the saw had dune its
wark owre weel, an' the moment he put his fit on the palin'
slabs crack gaed the bits o' sticks, an' doon gaed Simpson
in twa fit o' water tae. Luckily for Simpson, he lichtit on
a stancy place, an' though he was weel wetted he was sune
able to scramble oot. Whitesheaf, hooever, was nae further
ahead, an' it wasna till Simpson had come to his assistance

that he could be moved. Simpson an' Mary managed to pu' him oot, an' the first thing he did when he had got to dry land was to order Mary awa to the hoose. Turnin' to Simpson, he said—

" Young man, there were a lot o' things I was to hae said this nicht to you, but nane o' us are in a condition to do justice to them. I telt you that I dinna want you to meet my dochter, an' I mean to set man-traps doon here in future. Tak' my advice, an' gie this place a wide berth, or ye 'll get yersel' into trouble."

There were nae mair meetin's at the burnside, but as Whitesheaf had never smelt a rat aboot Flossie's letter-carrying abilities, the twa fell back on that plan again, an' waitit for further developments.

CHAPTER XXI.

SOME SHOWS.

IN an earlier chapter o' thae chronicles I alludit to the fact that we had occasional veesits frae the show-folks an' the ither clanjamphrey wha are in the habit o' makin' a livin', guidness kens hoo, by stravaigin' aboot the country. The stock-in-trade carried by that kind o' gentry is no' very cumbersome, an' as maist o' them live by their wits—no' a very bulky kind o' baggage —they flee licht if they dinna flee lang. I've nae fau't to find wi' them mysel' if they wad stick to the legitimate business o' raikin' in the odd pennies o' the gapin' crood by showin' them learned pownies, clever monkeys, pig-faced ladies, fat women, an' wild, untamed savages; but I canna awa wi' them ava when they tak' the hard-earned half-croons oot o' the pooches o' puir ploughmen by the money-sellin' dodge, or the three-card trick, or prick-the-garter, or the pea-an'-thummils. It mak's my bluid bile when I see thae kind o' scoondrels, an' auld as I am, I'm aye ready to haud onybody's hat wha proposes to gie them a bit steep in the nearest horse-troch.

154

If a'body, when they saw thae kind o' gentry, wad pass
them by, it wad be better for themsel's as weel as for folk
that didna hae sae muckle sense, an' wad sune put an end
to the prosecution o' the swindles, for want o' gowks to be
trickit. For a trick it is. I've met folk wha after bein'
swindled ance or twice wad sit an' ponder owre their ill
luck, as they ca'ed it, at, say, prick-the-garter, an' wad con-
struct a fine theory that the next time they saw the rogue
they wad be able to dodge him an' win back their bawbees.
Puir silly fules ! if they got the chance they wad be as far
back as ever, for it's a doonricht impossibility to beat the
swindlers. If ye see three thummils, an' suppose that ye
ken which ane o' the three the pea's aneath, juist misdoot
yer judgment, for it's seldom aneath ony o' them. The
haill rickmatic o' thae games are a' built on the beautifully
simple rule o' " Heads I win, an' tails you lose," an' at that
kind o' amusement only ane can win, an' it's generally the
ane wha proposes to play at the game. There may be
some wha'll say that the shows are as great swindles as
the sharpers are—that the pig-faced lady is only a singularly
ugly woman ; that the fat woman has been fed up wi'
porter, an' stuffed oot at odd corners wi' tow ; an' that the
wild, untamed savage is no' an untamed savage ava, but
maybe an Irishman frae Cork, or a Hielintman frae the
Gallowgate, or a Cockney frae Seven Dials ; but what if
they be ? Ye hae paid yer penny, the loss is no' big, an' if
ye hae faith enough to believe that ye hae seen a savage
ye'll juist be as happy, an' maybe a hantle hairier, than
some puir creature wha has seen a real savage an' tint his
scalp in coorse o' the interview.

'Deed no, I'm no' against the show-folk, puir gangrels.
They hae mony a sair tramp an' mony an empty belly in
the coorse o' their wandcrin's ; an' though they may look
braw an' brave when struttin' aboot the platform afore the
command " All inside—to begin " is gi'en, there's aften a
sair heart beatin' aneath the braw spangles an' the tin

armour that glint sae bonnily in the sunshine. An' if they do get up a wee bit hoax to gar the pennies come in mair plentifully, it does guid to them, an' a'body wi' ony sense tak's a hearty lauch, which is worth a penny or tuppence ony day. We hae had ane or twa experiences o' show-folks in oor pairish that caused some fun an' nae great loss to the community, an' it is thae instances I 'm proposin' to relate.

A puckle years syne a tent was erectit on the common green o' Crowdiehowe ae mornin', an' a' the bairns o' the pairish were nearly driven daft, keekin' here an' keekin' there, to see what was the meanin' o' the hammerin' an' chappin' that were gaein' on ahint the canvas ; but, sae far as maist o' the bairns were concerned, wi' little result, either by stealt keeks or by payin', it no' bein' the day on which they got their Saturday's ha'penny. It wasna till well on in the afternoon that the mystery was made ony clearer, an' then a paintit cloot was run up to a lang pole in front o' the show, which bore the announcement :—

EXTRORDNARY FREK OF NATUR.

A

WONDERFUL HORS WITH ITS TALE WHER ITS HED SHULD BE.

Admission—One Peny.

The fact o' a horse haein' its head whaur its tail should be was certainly wonderfu' enough to attract a crood with-oot the addition o' the marvellous liberties ta'en wi' spellin' displayed in the announcement, an' it was nae cause for wonder that a crood o' folk should hae gaithered roond the front o' the show. By-an'-by ane or twa paid their pennies an' gaed awa in, an' by-an'-by they cam' oot again—some wi' a gratified smile on their faces, an' some apparently sae sair astonished that they hadna energy left to smile. Puckles mair gaed in, an' it was maist remarkable that a'

that cam' oot were maist anxious that a' ither body should
gang in. A roarin' busiuess was the result. I was amang
the hin'most o' aboot twa hunder an' fifty folk that veesitit
the show that nicht, an' when I gaed in I was dumbfoonded
to see a very ordinary horse—a bruit that had dootless
seen better days, but could hardly see waur, stannin'
blinkin' at the licht o' a naphtha lamp that was flarin'
aboot half a fit frae its nose. A fat-faced chiel, wi' ane o'
his een pluggit up wi' a black patch, an' an ill-faured nose
spread owre his face, was apparently the proprietor o' the
sad-lookin' animal, an' if I'm ony judge o' physiognomy I
should say that that nose had braved mony a battle an'
bottle, for a mair whiskyfied an' prize-fechtin'-lookin' frontis-

piece I never had the pleasure o' lookin' at. It was a
meenit or twa afore I could recognise hoo the horse's tail
could be whaur its head should be, an' it wasna till I got
roon' to its hintquarters an' saw a nosebag tied to the ruit
o' its tail, that the full extent o' the sell dawned on my
mind. There was naething for it bit to tak' a guid hearty
lauch, an' to gang my wa's oot an' help to send in ither
gowks. The folk o' Crowdiehowe are sensible enough to
tak' a hearty lauch, though it is at their ain expense. The
folk o' some places wad hae been rough an' roosty aboot

the sell, an' wad hae tried to spread the proprietor's nose some mair, maybe to the sair detriment o' their ain; but there was naething o' the kind wi' us, an' the owner o' the wonderfu' horse, an' nae less wonderfu' amount o' cheek, packit up his traps an' made tracks for ither spheres, where easily gulled folk were rife, aboot aucht-an'-twenty shillin's the better o' his experiment.

The memory o' the wonderfu' horse dee'd doon, as the memory o' a'thing will, and the ither shows an' exhibitions cam' an' gaed, meetin' wi' mair or less patronage an' support, accordin' to their deserts an' the state o' the finances o' folk that are fond o' shows. Ae morning, early when the inhabitants got oot o' their beds, they were astonished to see that almost the haill length o' the green was occupied by a lang, narrow tent, like that which enterprising public-hoose-keepers erect at country fairs for the purpose o' supplyin' green kail an' whisky an' beef to the Jockies an' Jeannies wha hae assembled. Conjecture was rife as to what could be in the monster erection, which extended to somewhere aboot a hunder an' twenty feet in length. It cudna be a circus; it was owre lang for that. It cudna be a peepshow, for that class o' exhibition economises its claith by haein' only ae side to its tent, thus allooin' plenty air to get in, an' lattin' the ootside public see hoo nicely the breeks fit o' them that hae paid to get in. Nor could the tent be for a photographic gallery, whaur you could "get yer 'ead knocked off for sixpence, an' yer whole blooming body for a shilling." Nane o' thae itinerant artists carry sae extensive premises wi' them, an' their studios are mair like Punch an' Judy shows than the lang thing that occupied the village green. We had juist to possess oor souls in patience till they wha had put up the affair condescended to explain their object in doin' sae, an' oor patience was rewarded aboot midday by a braw picture bein' hoisted at ilka end o' the tent, whereon was painted a soul-harrowin' scene, in which a michty whale was the leadin' feature, the minor pairts bein' played by a boat, an oar or twa, an' a dizzen o' men, several o' them already lyin' dead on a mountain o' ice as big as Ben Lomond, an' the ithers evidently ginna lie dead as sune as they stoppit whirlin' through the air whaur the tail o' the whale had sent them. Paintit alang the bottom o' the picture was a statement that inside was to be seen the michty monster, o' which the picture gae a faint idea, at the low charge o' threepence.

Threepence is mair than maist shows charge in oor district, but in coorse o' the afternoon ane or twa drappit in to see the whale, an' after lowsin'-time a fell bit crood assembled at ilka end o' the tent, whaur twa birkies were stationed, an' filled up the leisure allooed them, through a somewhat slack business, by yellin' oot to the crood the glories o' the great animal an' the moral an' educative influence their exhibition wad hae on everybody wha visited it. Notwithstandin' the interest that the adventure o' Jonah has for maistly a'body, business at the show wasna very brisk, an' at length the orators at the doors made extra efforts to induce the crood to stap inside. Ane at ae end o' the lang tent cut a sma' slit in the canvas, an' pu'in' it sindry, he yelled, "Look at that, gentlemen; there is the tail of the fish." By this time the ane at the ither end had performed a like operation, an' we heard him yellin' to the folk at his end o' the tent, "Look at that, gentlemen; there is the head of the fish." Cautious folk visited baith ends o' the tent, an' sure enough they saw the skin o' the head at the ae end an' the skin o' the tail at the ither, an' when they had measured the length o' the tent wi' their e'e they cam' to the conclusion that a fish a hunder an' twenty feet lang was worth seein', whether it was a whale or no'. They sune began to crood in, an' I gaed wi' the lave. When I got inside I found oot that the inhabitants o' Crowdiehowe had been sold again, an' that a'body inside were like to split their sides wi' lauchin'. The tent was dootless aboot a hunder an' twenty feet lang, but the whale was a hantle shorter than that. The proprietors had set doon twa empty American flour-barrels at ilka end o' the tent, wi' some planks on them, an' havin' cut the whale, which was aboot fourteen feet in length, through the middle, they set the head at ae end an' the tail at the ither—thus accoonting for the manner in which the showmen were able to mislead ootsiders as to the length o' the fish.

A guid puckle bawbees were drawn at the show that nicht, but it cudna be said that the exhibitors made muckle profit oot o' the transaction. Aboot the middle o' the nicht an alarm o' fire was raised, an' when folk gaed oot they saw the tent that contained the carcass o' the whale bleezin' brichtly, an' the smell o' the burnin' creesh was strong enough to hae hung yer bannet on. Twa or three turned oot to help to pu' doon the tent an' stop the conflagration, which wasna accomplished afore ae hauf o' the tent was totally destroyed, an' the tail end o' the whale had been cooked sae sair that it was nae use either for eatin' or exhibition. Hoo the fire originated was never kent, but there was a suspicion that some o' the veesitors hadna been pleased at bein' diddled oot o' threepence a' at ance, an' had set a lowe to the show oot o' spite.

CHAPTER XXII

ITHER SHOWS.

WHILE in my last chapter I hae gien oor experiences o' some o' the shows that hardly gae the penny-worth they led folk to believe they wad gie, it mauna be supposed that Crowdiehowe is sic an insignificant place as no' to get a veesit frae some o' the bigger an' better-organeesed establishments that gang through the country educatin' an' elevatin' the minds o' the veesitors to them. Besides the usual allooance o' fat men an' fat women, we have had at divers times an' periods veesits frae a five-leggit coo, a hairless horse, a performin' fish, an' ither wonders o' land an' sea; an' we had three days o' a highly moral waxwark, that employed five caravans in its conveyance frae toon to toon. The scenes displayed in the wax-wark were o' an' exceptionally elevatin' kind. King Solomon was giein' his judgment wi' a grim look in his face that suggested that he was sufferin' frae the tooth-ache, an' the puir bairn that the fearsome-lookin' chiel wi' the claymore in his hand was aboot to slice in twa

had its facie a' screwed up as if its een were fu' o' soap ;
but it canna be said that ony o' the ither actors in the drama
were displayin' muckle emotion o' ony kind.   Maist o' them
had a glassy, far-awa look in their een, as if their thochts
were elsewhere, an' they had a limp shauchleyness aboot
their legs that suggestit that Scotch aitmeal didna form a
prominent feature in the dietary o' the Jewish coortiers at
that time.   Ane o' the great attractions was Daniel in the
lions' den, an' it maun be said that the scene was maist
realistic—mair especially when the showman mannie ca'ed
roond a handle at the end o' the caravan an' garred the
figures a' move.   Daniel, puir man, didna seem to be owre
easy in his mind, for he twistit his head frae side to side
in a solemn way, and it jerkit at times to sic an extent that
I thocht it wad hae fa'en aff ; but then it's no' everybody
wha can dictate wi' certainty as to hoo a body's head should
move when in sic a situation.   The lions behaved themsel's
real weel, an' lifted an' lowered their tails wi' the reassurin'
regularity o' pump-handles, an' when they roared they
seemed to tak' the prophet's nerves into consideration, an'
toned doon their voices to a sough similar to that o' a
superannuated melodion wi' a hole burstit in its bellowses.
An' there was the deathbed o' the great Napoleon, wi' the
michty warrior gaein' awa to his lang rest, his end bein'
evidently hastened by a stiff neck.   A great lesson o' the
foolish vagaries o' fashion could here be learned by watchin'
the way the magnates gaithered roond had flattered the
deein' monarch by haein' stiff necks tae.   A' the figures roond
aboot the bed were remarkable for the stiff-lookin' way they
carried their heads, except ane awa up in a corner, wha had
allooed his emotion to get sae muckle the better o' him that
his head had fa'en awa to ae side, an' disclosed the fact that
he had discarded the ordinary kind o' a backbane, an' had
adopted a piece o' a hickory stick in place o' it.   But
notwithstandin' thae little maiters, the show was really
instructive, an' dootless the schule-bairns, wha were

admitted in batches at the reduced chairge o' a penny a piece, returned to their study o' sacred an' profane history wi' renewed zest after seein' the lifelike graven images.

But by a' an' abune a' high holiday was maist held when ony o' the big menageries visited Crowdiehowe. For weeks aforehand the bonnie paintit bills wad be carefully scanned by the bairns, an' by big folk tae for that maiter, an' a' the Jockies an' Jennies for twa or three miles roond wad be schemin' hoo to get a holiday on the eventfu' day, an' also hoo to get as mony bawbees scrapit thegither as pay for their admission to the show, as weel as to alloo a penny or twa owre to buy nuts to the monkeys an' a biscuit or twa to the elephants. As for the bairns, they were neither to haud nor bind. Maist o' them were up by the scraigh o' day on the mornin' the show was expectit to mak' its appearance, an' wad be awa oot twa or three miles to meet the caravans, comin' hame to their cauld parritch wi' hungry bellies but glad hearts at seein' the yellow-painted heavy-wheeled wagons as they lumbered lazily alang the road. An' then the pleasures o' seein' the caravans wheeled into position to form the wa's o' the show by the hairy-bonneted, corduroy-waistcoated retainers o' the establishment ; the hoistin' o' the pictures that adverteesed the wonders that were to be seen within ; an' a' the ither preparations that hae to be made afore a show can really begin business. It was a busy, brisk day on the village green, but I 'm thinkin' substraction an' multiplication got a big rest yont-by at the schule.

The veesit o' a menagerie was ance the occasion o' an incident that caused a deal o' commotion at the time an' for some days after. The show was a grand affair. The ootsides o' a' the caravans were a perfect picture-gallery, worth payin' a saxpence to see themsel's, an' the braw band-carriage that headed the procession was a blaze o' gold, an' was drawn by twa sagacious elephants that beggit pieces frae a' an' sundry as they stappit alang. The exhibition belanged to somebody wha was successor to somebody else, an' had generally sic a magnificent air that it wad in a' likelihood hae passed through Crowdiehowe withoot stoppin' ava, had it no' been that they had made a rather lang march, an' wantit to hae a day's rest to mak' a'thing fresh-like afore they gaed into the big toon, where they proposed to mak' a grand triumphal entry. So they set up their tents amang us, an' beasts an' proprietors did a roarin' business the haill afternoon.

Twa or three days afore the show cam' some o' the schule-laddies had been schemin' hoo they were to manage to get in. Ane o' them had got haud o' a daft-like story, that if a laddie took a cat to the proprietor o' the show to feed the lions, he was sure o' a free admission ; an' twa young daur-deevils—Pate Soutar an' Johnnie Whitton—determined to bereave some hoosehold o' its baudrons, sae that they micht gain admittance. They carefully concealed their intention frae a' their schulemates—no' kennin' the capacity o' lions for cats, an' fearin' that if their intention oozed oot there micht be a glut o' the raw material in the market an' the supply exceed the demand. Sae they laid their plans cannily, set a trap in the afternoon after the schule had skailed, and ere an 'oor had elapsed Miss M'Sniggers's gaucy Tam cat was in the toils. The twa loons had a bag prepared for carryin' the cat to the show—indeed, they had twa bags, for the legend had gaen that the current rate for ae laddie was ae cat, so that twa cats had to be secured ere baith could get in. The Tam was carefully tied in an' stowed awa into a disused cellar a wee bit awa, to miaou his loodest till aboot an 'oor afore feedin'-time at the men-agerie, which was deemed the best period by the conspirators to see the exhibition, an' by which time it was houpit they wad hae secured anither cat. Meenit after meenit passed awa, an' nae ither cat was tempted into the trap, and the laddies were beginnin' to doot aboot the ultimate success o' the firm's speculations. Johnny Whitton, the young-est o' the twa, had been cogitatin' owre the affair, an' cam'

to a resolve which did mair honour to his 'cuteness than to
his commercial probity, an' which he forthwith put in
execution. Tellin' Pate Soutar to keep his e'e on the trap
while he ran alang to the cellar to see if Miss M'Sniggers's
Tam was still safely tied up, he set aff. Pate Soutar keepit
his e'e on the trap for aboot ten meenits, an' then he thocht
it was time for Johnny to be back. He waitit anither
three meenits, an' then he resolved to look for Johnny.
When he got alang to the cellar fient a hair o' the cat or
Johnny either could be seen.

Had Pate been inclined to be tragic he wad dootless
hae struck an attitude an' shouted that he was betrayed,
but no' bein' o' a tragic nature, he merely clenched his fists
an' muttered, "Wull I no' gie 't to Johnny Whitton when
I catch him!" He had jumpit to the conclusion that
Johnny had gaen aff wi' the cat to the show an' left him
to whistle on his thoom for cats if he likit, an' sae far his
conclusion was richt. Awa gaed Pate to the show, but
he couldna see onything o' Johnny aboot the ootside, sae
his warst suspicions were confirmed, an' his harnpan was
racked for some scheme o' revenge. At length a happy
thocht flashed into his anxious brain, an' aff he set to put
it into execution. Rinnin' hame as hard as he was able,
he got haud o' an auld sugar-pock an' scrawled aff the
following communication :—

Der mis Makonigiro
Jonny Whiton his stol
yur cat and his soled him
to the wild beest shoi

This appallin' missive was carefully shoved below Miss

M'Sniggers's door, an' after rappin' a thunderin' rap Pate
Soutar bolted roond the corner an' waitit results. These
werena lang o' makin' themsel's apparent. The moment
Miss M'Sniggers opened the door she saw the fatal docu-
ment. On readin' it she screamt in wild alarm at the
imminent danger that threatened her beloved domestic pet,
an' set aff doon the street, withoot takin' time to put on a
bonnet in place o' the no' very unbecomin' mutch she
usually wore. Up the steps o' the show she bounced to
whaur a red-faced man was takin' the siller, an' to him she
roared—

"I want my cat!"

"Well, mum, go and get your cat."

"Ye blackguards, to go aboot the country stealing
people's cats!"

"Come now, mum; no jaw. Don't stand there stoppin'
them ladies and gentlemen as wants in to see the great
exhibition."

"Where will I get it?"

"Get what?"

"My cat."

"Well, mum, it's 'ard to say where it may be. If it
had been moonlight I would have suggested that you look
on the tiles for it."

"You're an impudent fellow. I'll go inside an' get it."

"You're very welcome, mum; very welcome. Admis-
sion's a shilling."

"You scoundrel; I want my property, an' I'll have in."

"Well, mum, no one gets in withoot me getting my
property. So hand me a shilling."

Miss M'Sniggers wavered, but gave in. She flung doon
her shillin' an' banged doon the steps to the inside o' the
show, as the money-taker winked to the mannie wha played
the big drum an' said—

"Rum old gal that, Bill; seems to be a bit crazy, *I*
think."

Miss M'Sniggers, noo that she was in, was as far frae gettin' her cat, to a' appearance, as ever. She lookit owre the heads an' shouthers o' a' aroond her towards the cages, an' although she could hae got a choice o' lions an' tigers, or an elephant, or a pelican, or a rhinoceros, it was remarkable that sic a plentifu' crap as cats usually are should be sae scarce here, for nae cat nor tail o' cat could she see. She cam' to the conclusion that her beloved Tam had been eaten up, stump an' rump, an' that she wad see him nae mair. She was almaist dementit, an' in her agony she tried her best to squeeze to the front o' the crood,  sae as to get a good look in at the cages. At ae cage the crood was awfu' dense ; she couldna get forrit at first, but seein' a clear passage inside the ropes, she stooped doon an' passed below them. As she bobbed up her head again she heard a great roar, an' a puckle nails that hadna been paired lately were inserted into her mutch an' through the mutch into her hair. The nails belanged to the lion. Never was maiden lady sae near awa wi't. Luckily, hooever, though it was a fact that Miss M'Sniggers hadna been gien to braggin' aboot, her hair was o' the patent removable kind, an' the lion, instead o' gettin' a fine beefy head to pyke, as it dootless expectit, only got a puckle greasy hair in the shape o' a wig, its removal leavin' Miss M'Sniggers wi' her head as beld as a frostit neep. Miss M'Sniggers let aff ae michty yell when she felt her scalp gaein' aff, an' faintit dead awa. The crood were in consternation, no' kennin' what was the maiter, an' thinkin' that ane o' the beasts had broken oot, a'body made aff for the door. By the squeezin' an' crushin' the centre pole that held up the canvas on the tap o' the show was ca'd skyte doon, an' wi' the sudden flaff o' the canvas a' the lichts but ane were blawn oot. In five meenits every ane  was oot o' the show, includin' Miss M'Sniggers, wha had come to hersel' gey quick when the man whase airms she flang hersel' intil manifested some intention o' lettin' her drap on the floor. The lady, noo bereft o' cat an' wig an' mutch, rowed her apron roond her head an' hurried aff hame, to meet, curled cosily up on the door-step, the very Tam cat that she had endured sic peril an' expense to rescue frae premature death.

It wasna till next day that a' the details o' hoo Miss M'Sniggers was sae sair misled cam' oot, an' then it was discovered through a coort-martial bein' held by the parents o' the twa laddies, wi' a view to findin' oot the reason for Pate Soutar assaultin' Johnny Whitton to the effusion o' bluid an' the sair discolourment o' his een. Bit by bit it a' was telt, an' in the bygaun it was elicited that Johnny Whitton never got into the show ava, some tricky schule-fellow havin' run his knife alang ane o' the seams o' the pock while it was on Johnny's back, giein' the baudrons a certain amount o' freedom that it wasna slow to enlarge by makin' a bee-line for hame. Whether wild-beast shows are in the habit o' acceptin' cats as the price o' admission is no' yet kent for certain, but it is satisfactory to ken that Johnny got his paiks frae Pate, and Pate got his paiks frae his faither, sae that the twa conspirators duly suffered for their heartless intention towards the cat. The only ane that didna get justice was Miss M'Sniggers, wha, besides sufferin' muckle sorrow by the exposure to the public gaze o' her beld pow, had lost a guid wig an' a mutch in her deadly peril frae the claws o' the monarch o' the forest.

CHAPTER XXIII.

A SCRAPE WI' A BEAR.

THE incidents which occurred in connection wi' the veesit o' the wild-beast show hae put me in mind o' anither queer ploy that happened a guid while syne in Crowdiehowe, an' which was the cause o' some amusement. The policeman we had at the time I refer to wasna very sair likit in the district, bein' owre zealous for the protection o' the peace o' the village when there was nae proposal to brak' it by onybody. He had a great sense o' the dignity o' his office, an' apparently believed that the haill system o' jurisprudence in the country was in danger if he failed to keep an even-up back on the auchteen shillin's a week allooed him by the authorities. I'm for a'body preservin' their dignity, but I'm against Jacks-in-office thinkin' naebody has a richt to live but themsel's, an' scowlin' doon everybody that relaxes a wee bit to tak' pairt in some innocent diversion. It seems to me thae kind o' folks are frichtened that if they lay aside their dignity for ae meenit, a'body will forget they ever had ony. We at ae time had a policeman wha was a capital cricketer, an' wha was the only ane that could keep wickets in a match when the minister was boolin'; we ance had anither wha was a capital singer, an' maistly aye took pairt in ony benefit concert that taen place; an' I saw oor present bobbie wi' my ain een sittin' doon on a puckle stanes at the roadside ae day an' splicin' the midstick o' a laddie's kite that had been broken, an' afterwards helpin' the laddie to mak' a start at the fleein' o' it. I never heard that the majesty o' the law suffered onything on either o' thae occasions. Far frae it, an' muckle itherwise, for if ony emergency was to arise the present policeman wad get the willin' support o' a' the residenters o' Crowdiehowe the meenit his whusle was blawn, as was amply proved at the time four o' the navvies at the new brig got fou, and were like to mak' a riot. Oor policeman wasna left to himsel' on that occasion. Sax or seven o' the inhabitants turned oot, an' the belligerents were lockit doon in the cells or they kent wha had a haud o' them, an' were there left to fecht wi' the wa's, which they did wi' sae muckle zeal that ane o' them drave his fit through a panel o' the cell-door, and couldna get it back again till a joiner was got next mornin' to saw a bit mair awa to lat him loose. But the stuck-up police-man wasna sae weel supported when he had need, and when ony chance to get a guid lauch at him occurred, maist folk took advantage o' it. There was a general opinion that he was workin' hard for a sergeantship, an' as he is noo ane, it may be supposed that he got his ettle oot. I hae heard that he's nae better likit as a sergeant than he was afore he got the stripes, an' that he is like mony ane mair baith inside an' ootside the police force—canna very weel bear prosperity, an' haein' got up the ladder a wee bit himsel', wad fain pu' it up at his tail, sae that naebody could climb up ahint him. But that's neither here nor there in my chronicle o' the difficulty he fand himsel' in on the occasion I am writin' aboot.

Ae day at the time I'm tellin' o' a puir feckless foreign stroller landit at Crowdiehowe on tramp. He had wi' him

as his companion an' great copper-attracter a broon bear, wi'
a hide on it that lookit as if it
was sair in want o' a reddin'-
kame, an' at lots o' places aboot
its back an' sides some lubricator
that wad gar hair grow wadna
hae been oot o' place. The
Frenchy played a puckle foreign
tunes on the fiddle, an' the bear
stood on its hint-legs, an' bobbit
aboot its head wi' as muckle
grace an' agility as it was capable
o', to the great admiration o' the
wheen bairns wha followed the
twa divertin' creaturs a' through
the village. The Frenchman
gaithered in a guid puckle baw-
bees frae sympathetic onlookers, but when oor policeman
cam' on the scene he sternly did his best to put a stop to
the amusement o' the bairns an' the profit o' the foreigner.
Assumin' his maist dignifeed look, he ordered the French-
man to "Get along oot of that," to which order the French-
man bobbit his head, smiled sweetly, shruggit up his
shouthers, an' said, "Mercy, Moosoo." But the dignifeed
bobbie had nae mercy on him, an' ordered him aff mair
than ever. The Frenchy either didna ken what he meant,
or didna want to ken, an' sae he fiddled awa, and his four-
fittit companion bobbit awa wi' him. The policeman didna
weel ken what to do aboot the maiter, an' at length ap-
parently cam' to the sensible conclusion that the twa wad
disappear when their ain time cam', an' that he wad best
preserve his dignity by no' gettin' into loggerheads wi'
them, as his ignorance o' foreign languages threatened to
bring him nae credit, and sae he turned awa to attend to
his duty in ither directions, an' left the stroller to his ain
devices.

It is a pity to hae to record it, but thae devices werena virtuous. Whether it had been due to the cauld chills o' oor northern air, or to a demoralised taste acquired in his young days, is no' kent, but that Frenchman had made mair progress in his acquaintance wi' Scotch whisky than he had wi' the language, an' the guid haul o' coppers he had made in Crowdiehowe had induced him to invest some o' his cash in a sowp o' drink, that sune made the puir bear by far the maist sensible o' the twa. By the time he reached the toon he was as fou as ony fiddler that ever fiddled to the dancin' o' beast or body, an' at length he streekit himsel' doon at the road-side, the bear lyin' doon aside him, an' takin' as muckle comfort as it could get oot o' sookin' its ain paw, an operation that was the less easily dune frae the presence o' a muzzle that was fastened owre its nose.

By-an'-by word was spread by the bairns wha had been followin' the twa that the Frenchy was sleepin' fou, an' as this was a clear contravention o' section Something-or-ither o' cap. What-d'ye-ca'ed, it behoved oor energetic police constable to tak' cognisance o' the offence. Oot-by he gaed to the place whaur the fiddler was lyin', an' by shakin' an' roarin' did his best to wauken him, but withoot effect.

At length he awa alang an' borrowed the joiner's barrow, wi'
a view to cartin' his prisoner to the cells. In due time he
got the man on the barrow, an' tyin' the leadin'-string o'
the bear to the tram o' the vehicle, awa he gaed. But
Bruin hadna been accustomed to see its maister accom-
modated wi' this kind o' transport, an' in its joy began to
gambol aboot sae muckle that it contrived to twist its string
roond the legs o' the bobbie, wi' the result that he played
clyte on the braid o' his back, an' nearly dirled the Frenchy's
teeth oot o' his head by the daud with which the back end
o' the barrow cam' doon on the road when the shafts gaed
oot o' his hands. To say that the bobbie was angry at the
lauchter that was raised at the accident is but a feeble way
to describe his fury. He stormed an' raged, an' even gaed
the length o' ootragin' a' moral an' civil laws by usin'
language that nae respectable compositor wad print. But
a mair effective way o' quietin' the animal's playfulness than
swearin' was found by hittin' it a skelp owre the nose wi'
the thick end o' his baton, an' wi' the exception o' some
growlin', the beast made nae further demonstration o' its
opinion o' the treatment its maister was gettin'.

An' so the Frenchy was lockit doon in the cell; but what
to do wi' the bear was still an unsolved problem to the
police constable. To let the bruit gang at lairge wad be a
serious neglect o' duty, an' to lock it doon in a clean caulm-
staned cell didna jump wi' the policeman's ideas o' what
was richt an' proper. A happy thocht at length struck him.
His sow had dee'd a perfectly natural death for a sow a week
or twa afore, havin', by the aid o' a flesher's gully, ceased
to be a pig by becomin' pork. As the deceased was com-
fortably packit awa into a barrel o' brine, it had nae further
use for its cruive, an' the happy thocht which had dawned
on the constable's intellect was that what was guid enough
for a British policeman's pig couldna harm a French fiddler's
bear, an' sae the beast was domiciled in the cruive, the
buirds ta'en doon to lat it in were nailed on, an' a dooble

turn o' the rope that was fastened to the beast's muzzle tied to a post, sae as to mak' a'thing mair secure. The policeman retired to his rest wi' the consciousness that his daurin' capture o' the foreign vagrant an' wild animal couldna fail to stand him in guid stead at headquarters.

An' dootless it wad hae dune sae had circumstances no' occurred which prevented it soondin' sae grandly when presentit afore his superiors. The beast, dootless tired wi' its dancin', was content enough to hae a soond snooze amon' the puckle clean strae that had been flung in for its comfort; but after its first sleep was owre, early mornin' havin' come, it concludit, it is presumed, that it wad be the better o' something to keep the wind aff its stamach, an' sae it began to mak' an inspection o' the possibilities o' gettin' oot. The muzzle had got a twist when the string gaed roond the bobbie's legs an' coupit him, an' Bruin was sune able to shove it aff a'thegither wi' its forepaws. Wi' the string lowse, to a beast that wad in a' likelihood hae haen to do a deal o' climbin' in its native wilds to mak' a livin', the gettin' oot o' a ceevilised pig's stye was nae trouble ava, an' in a meenit or twa the bear was meanderin' aboot amon' the cabbage an' ither produce in the constable's garden. The bear took a bite here an' there o' onything that it thocht toothsome enough to warrant samplin', but ere lang by nosin' aboot it scented the chief dissipation o' bears—honey,—an' it sune made its way owre to the constable's bee-skep. Wi' a skelp o' its paw it ca'd owre the hive, an' was chewin' at a lump o' the sweet savin's o' the bees ere the busy workers had recovered frae their astonishment an' begun to repel the attack. Wi' a stern hum for revenge, the cloud settled doon on the bear, stingin' as hard as they were able at nose, een, an' ither coigns o' 'vantage. The bear clawed them aff his face in hunders, an' at length, when he began to feel the punishment o' his transgression on the places which the mange or hard usage had rendered beld, he lay doon on his back, an' rowed owre an' owre,

killin' the bees in thoosands, an' likewise reducin' the
constable's kailyaird to a pretty general average o' broken
stalks an' crushed cabbage-heads. The bees maun be said
to hae lost the battle, for the bear was stoic enough no' to
mak' muckle moan aboot the stings it had got. On the
time-honoured principle that the spoils fa' to the victor, the
brute clawed oot the remainder o' the hoarded dainty, an'
then ambled roond to the front o' the police-office, fu' o'
content an' honey, an' apparently willin' to await a reason-
able time for the liberation o' its only freend an' maister,
the Frenchman.

It had happened that the policeman had juist ta'en it into
his head to tak' a stap roond to his garden to get a smell o'
the fresh earth afore his breakfast, an' as he gaed roond
the end o' the hoose he was dumfoondered to see the muzzle-
less bear makin' its way towards him wi' open mooth. The
constable tint heart, an,' turnin' tail, he into the hoose as
hard as he was able, shuttin' the door, an' waitin' further
developments. The bear, when it reached the door, sat doon
in front o' it, evidently recognisin' it as the place whaur
its freend the Frenchy was lodgin', an' seemed to hae made
up its mind to wait till he cam' oot. The policeman, seein'
that the beast was sae quiet-like, opened the door, but the bear,
mindin' dootless o' the ill-faured clink owre the nose it got
wi' the baton the nicht afore, gae vent to an angry growl
that warned him that a bear wi' a muzzle on was quite a
different kind o' animal frae ane withoot a muzzle. After
five meenits it dawned on the policeman's mind that he wha
had lockit doon sae mony was himsel' a prisoner. Some
micht suppose that he could hae slippit oot at the back
window an' attackit the bear frae the front, but a wise
Coonty Commission, wi' a view to keepin' the evildoer
under thack an' raip, had carefully staunchioned a' the
windows, sae there was naething for it but to wait till a
relief expedition was organeesed to raise the siege. But
wha was to do it ? A crood sune gaithered, but there was

nane wha cared to get to grips wi' the bear to save the
policeman. An' sae the folk stood roond an' made ribald
jokes at the expense o' the caged executioner o' the law. At
length the Provost got word o' the scrape that the limb o'
the law had got into, an' comin' doon, he surveyed the situa-
tion. There was nae use o' readin' the Riot Act, for the
bear wadna care, an' its maister wadna understand it, sae
the Provost took a coorse that was worthy o' Solomon him-
sel'. Orderin' the policeman to open the Frenchy's cell
an' liberate him, the rope an' muzzle, which had been brocht
frae the pig-sty, were flung doon at the ootside door o' the
police station. When the Frenchy cam' oot he took in the
situation at a glance, up wi' the muzzle, whippit it owre the
bear's nose, made a polite bow to the crood, at the same
time sayin', "Mercy, Moosoo," an' gaed his wa's eastward,
wi' his fiddle aneath his oxter, an' was seen nae mair. The
Provost gaed in-by to comfort the policeman, an' dootless,
liko Dogberry an' his assistants, they consoled themsel's wi'
thankin' Providence they had got rid o' a knave.

CHAPTER XXIV.

A TEETOTAL LECTURE.

HAE aften wondered in my ain mind if ony o' the puir feckless souls that are gi'en to the pitifu' weakness o' stupefyin' themsel's wi' whisky ever tak' a thocht what they look like when their senses are a' awa, an' they gae staggerin' alang no' able to bite their ain thooms. I've a strong belief that they dinna. When they are sober, an' see a drunk body wallopin' past them, a' owre wi' gutters maybe, wi' his een stannin' in his head, an' his head exhibitin' great anxiety to hing atween his feet, they never think for a meenit that that is juist the appearance they themsel's present when they get fou. Sic a thocht never enters their minds. They haud the opinion that they mak' a better-lookin' an' mair sensible kind o' a drunk, an' sae they mak' a grab at a' they get the next time they hae the chance, an' fill themsel's fou again, thinkin' nae mair aboot it till the weicht o' their head next mornin' tells them that they hae been treatin' their stamach the nicht afore as a sensible man widna treat an ase-backet. I've an idea if teetotallers could only invent some kind o' plan whereby they could tak' the mind oot o' a man, an' then, after fillin' the body drunk, they wad ask

M

the mind calmly to contemplate the sicht set afore it, they wad effect a complete cure in hunders o' cases whaur they fail. It 's a sad an' sorrowfu' sicht to see a body deliberately put himsel' in a state that maist beasts wad think shame o' if by accident they allooed themsel's to get into sic a mess. But there 's mony a thing that mankind wad do that beasts dinna care aboot doin', though I maun admit that the instinct o' imitation is very keen amon' some kinds o' animals.

I mind o' a maist divertin' creatur' o' a puggie that had been brocht frae foreign pairts by auld Mrs. Macruther's son, wha was a sailor then, but wha sleeps far frae his mither an' faither's grave, havin' dee'd o' cholera when wi' his ship at Calcutta waitin' on a cargo o' jute. The puggie was a great treat to a'body that saw it, an' for the first four or five days after it reached Crowdiehowe auld Mr. Strappem the schulemaister had a sair fecht gettin' enough o' the scholars thegither to mak' a quorum. The way the beastie jumpit an' tumilt catmaws owre the stick that was erected for its accommodation was maist amusin', an' keepit a'body lauchin', but when it was eatin' au apple or a crack-nut it got sae human-like that it was actually awesome, an' garred thinkin' folk 'maist believe that a lang coorse o' sittin' hunkertys, an' wearin' breeks had maybe worn oor tails oot o' sicht, an' that oor connection wi' the ape species wasna sae very remote after a'. But it wasna to theorise aboot Evolution that I began, but raither to tell hoo that monkey fell frae the high an' prood estate o' monkeyhood, an' got sae like to a drucken human bein' as to be fit for a frichtfu' example.

Mrs. Macruther, bein' a widow woman, wi' a view to mak' baith ends meet, had ta'en in twa lodgers—twa decent enough chappies, but no' teetotallers, an' they, for their ain amusement, had gi'en the puggie every encouragement to mak' their room its headquarters in the forenichts. Ae nicht ane o' the twa had got a new suit o' claes, an' wi' a view to weetin' them had brocht hame in his pouch a sowp o' whisky to gie his room-mate a drap. The twa had ta'en their dram aff, an' were sittin' crackin' owre it when it entered the head o' ane o' them to gie the puggie a sma' taste. The beast, in imitation o' its betters, coupit the glass up into its moo', makin' a fell screwed-up face as it felt the bite o' the fiery liquid. The showl it made garred baith o' the billies lauch, an' a wee while later it was proposed to gie it a wee drap mair to see if it mindit o' the taste. Whether

it mindit o' it or no', the beast sookit up the second drap, an' after drainin' it to the dregs, drew its forefinger roond the gless, an' syne lickit it a' owre. It was evident that the puggie had the makin's o' a toper in its composition if the first lesson didna fleg it. By-an'-by the alcohol began to work on it, an' the beast began to mak' aff for the boxie in which it sleepit. In spite o' the animal haein' four legs, it staggered frae side to side, an' ilka meenit or twa it wad stop, an', sittin' doon, wad haud its forehead wi' its forepaws, an' in every way conductit itsel' like a drunk body, except that it didna bang oot to the street an' howl an' swear till a policeman came to haul it to the police-office. Next day Mrs. Macruther was sair vexed aboot the illness o' her puggie. It stoppit in its box a' day, haudin' its head, an' lookin' the picture o' a drouth in the horrors. But it learned nae lesson frae its misery. The lodgers had telt some o' their cronies aboot the dissipation o' the puggie, and the cronies, no' believin' that a monkey wad drink whisky, cam' to see it. The puggie got its drap, gaed through a' its drucken antics, an' after ane or twa such exhibitions its doonward coorse was rapid. It didna

only like whisky, but wad even steal to get it. It seemed
to connect the taste o' whisky wi' something in a bottle,
an' by-an'-by onything in a bottle wasna safe frae its
inquisitive cravin'. It learned to pu' oot a cork wi' its
teeth, but if it didna like the taste o' the liquid the bottle
contained, it never put the cork back again, an' as it maistly
aye laid the bottle doon on its side, mony a sair soss was
made. The monkey's demoralised taste was the means o'
a bottle o' the lodgers' hair-oil bein' emptied a' owre Mrs.
Macruther's clooty carpet, an' on anither occasion it got
into the lodgers' press unobserved, drew the cork oot o' a
bottle half fu' o' castor-oil, an' after takin' a waucht o' the
unsavoury liquid it flang the bottle into the lodgers' aitmeal-
can, an' completely spoiled it for human use. Mrs. Mac-
ruther was sweer to fling the aitmeal awa, an' gied it to her
sow, wi' the result that that puir beast was nearly brocht
to death's door by the effects o' the drastic drug. The
puggie was a complete drucken wastral in the coorse o'
three weeks, an' its cravin' garred it taste a'thing, nae
maiter hoo mony ugly moothfu's it got in the coorse o' its
investigations. But its career o' iniquity was at length cut
short. Ane o' the lodgers had brocht hame a bottle o'
spirits o' wine for polishin' some bit o' woodwark he
was makin' at hame, an' havin' forgot to put it in some
place whaur the monkey wadna get it, Jacko fell in wi'
it. After puin' oot the cork, he taen a cautious taste o' it
to see that it wasna oil, an' no' bein' sae keen a connoisseur
as to recognise that spirits o' wine was a hantle stronger
than the tipple he had been accustomed to, he taen a guid
waucht o' it, and in ten meenits after he was a dead puggie
—a victim to intemperance, an' a great moral lesson to beast
an' body. It canna be said that his death was muckle
regrettit by onybody. As lang as he had keepit frae drink
he was likit by a', but after he had fa'en into evil habits he
had been the means o' makin' sae mony slaisters in his
search after whisky that his death was lookit upon like a

blessed relief; an' though it maybe looks harsh to say it, yet it is true, that as it is wi' puggies sae is it wi' men. As lang as they are steady an' respectable members o' society they are respectit, even if they be puir, but let them begin to fa' awa into dissipated, drucken habits, an' they sune lose the respect o' onybody wha's respect is worth haein'.

While maist o' Scotch country folk are ready to show their faith by believin' in the wisdom o' serpents, there are some that shak' their heads when there's ony allusion to the harmlessness o' doves—especially if they belang to the cushie-doo persuasion. Speir at a farmer some time aboot August as to the harmlessness o' doos, an' ye'll maybe get some information that's no' includit in ony commentary on the New Testament yet published; but while the farmers hae muckle to say against them, I never heard ony o' them accuse them o' haein' a taste for intoxicatin' liquors. It is to be houped that the case o' Jacko, whase sad career an' dolefu' end I've tellt, was an exception to the monkey tribe, an' that much o' its fau'ts were due to the fau'ts o' ceevilisation an' evil company, an' sae was it probably in the case o' the pigeons that I'm to tell aboot. They were ceevilised pigeons, belanging to a wheen schule-laddies, wha keepit doo-cots in their faithers' backyairds, an' dootless their appetites were depraved, as maist ceevilised appetites are, or they wad hae discovered the cheat that had been put upon them. Bob Stanchell was the owner o' a sma' pendicle on the sooth side o' Crowdiehowe—a bit o' ground that, lyin' on the side o' a fine slope, got the benefit o' a' the sun that was gaein', an' which in richt hands wad hae been capable o' producin' grand results. But in Bob's hands it was little better than lost. Bob was a drucken body, that wrocht only when he likit, which was only when he was short o' bawbees to get fou wi', an' he only plantit or sawed as muckle stuff as wad haud body and soul thegither durin' the next winter. Bob's place, lyin' weel to the sun, was aye a warm place, an' a' 'oors o' the day were to be seen a dizzen or twa o' the Crowdiehowe laddies' doos bobbin' an' beckin' to ane anither, cureckitycooin', an' makin' love on the riggin' o' Bob's hoose. Bob didna object to this as lang as it didna cost him onything, mair especially as he was owre lazy to mak' ony active efforts to drive them awa ; but aboot seed-time, when he saw the haill flock o' them settlin' doon on a patch o' barley he had just sawn an' clearin' aff a'thing, he concludit that it was time the birds flittit. A' his "shooin'" was nae use, an' though he fired aff a shot or twa withoot ony lead in his gun, the birds juist flew up an' lichtit again and pickit awa. He didna care aboot lettin' blatter amon' the birds wi' lead draps, for he kent if by guid or ill luck he killed ony o' them he wadna hae the life o' a dog. The schule-laddies wad be sure to tak' summary vengeance on a' belangin' to him, an' besides he wasna a very guid shot, sae there was nae use flingin' guid lead awa after burnt powther. A' day lang he hooched an' shooed till he was as dry as a whistle, an' in the evenin' he gaed in to Tapster's an' bocht a bottle o' whisky to weet his thrapple. After he gaed hame a mischievous thocht cam' into his head, an' after dozin' himsel' wi' a guid sowp o' whisky, he poured a drap o' the drink into a tumbler an' filled it fu' o' corn, leavin' it to steep a' nicht. Next mornin' he carefully poured aff a' the unsoaked whisky intil himsel', an' then he scattered the barley aboot the door o' his hoose, in houps the birds wad tak' it as readily there as aff elsewhere. Bob concludit he wad do nae wark till he saw hoo his trap for the unwary pigeons wad wark, an' as there was still a guid sowp in the bottle, he fuddled awa till in coorse o' the forenoon he was gey weel on the batter, an' likely to see twice as mony pigeons as were present. By-an'-by a puckle o' the doos arrived to get the benefit o' the warm sunshine, an', spyin' the corn sprinkled on the ground, they were sune busy transferrin' the windfa' to the inside o' their craps. A dizzen o' doos peck-peckin' awa sune clears awa a lot o' corn, but when the birds had dichtit their nebs to flee up, no' a flee up could they flee. Some o' the first arrivals were stoit-stoittin' aboot wi' their wings hingin' doon, an' their mooths gapin' open, and an idiotic stare in their een ; while ithers were daudin' aboot, an' doin' their very best to fecht wi' ane anither. Noo was Bob Stanchell's chance to obtain vengeance for his stealt barley. Airmin' himsel' wi' a carter's whup—a curious enough weapon to punish doos wi' —he staggered oot amon' the half-stupid birds an' began to lash at them, swearin' like a trooper, but no' doin' muckle execution, by reason o' the fact that he was seein' dooble, an' maistly aye missed the substantial pigeon, an' struck the ane that was conjured up by the multiplyin' pooers o' his drink-sodden harns. The doos had a busy time tryin' to warstle oot o' his road, an' some o' them did lose a feather or twa ; but ony mair serious consequence to them

was avoided by Bob o'er-balancing himsel' in his efforts to reach them, an playin' clyte owre into his ain jawhole, where he lay kickin' an' yellin' till ane or twa passers-by cam', an', after haulin' him oot, dashed twa or three buckets  o' water owre him to clear aff the rough o' the clort that was stickin' to his claes. Hoo the doos got hame was never kent, for maist o' them were missin' frae their doo-cots for ae day at ony rate, but they a' turned up sooner or later. It was never noticed that they displayed ony desire for anither dose o' intoxicants, an' maybe it was as weel that they didna acquire sic a cravin', as there was little likeli-hood o' its bein' satisfeed, there no' bein' mony folk that wad be willin' to steep corn in whisky for their benefit every day.

CHAPTER XXV.

THE BURNIN' SHIP.

O N a cauld bluistery nicht word cam' up-by frae the shore
that a ship, apparently on fire, was rinnin' in towards
the coast, an' that there was likely to be a sad loss o'
life if some measures werena ta'en to pick aff the unfortunate
crew. Shipwrecks werena very rife in oor district, guid-
ness be thankit. As a'body kens, the neuk whaur oor
toon is situated lies far aff the track o' a ship that 's gaein'
onygate whaur a ship has business to gang, an' it 's only
when the heavy gales are sweeshin' to landward that a
vessel may be driven in to oor quarter. Then God help a'
the puir sowls that may be in the vessel, for little help can
be gi'en them frae earth. The big dark waves at thae
times come hurtlin' into the bay, an' break solid against
the dark cliffs that keep the land frae bein' washed awa
into the sea, an' gang skytin' up into the air, to be catched
in the form o' spray an' whirled awa inland. It 's then
that the fisherwives hae the lanely nichts an' the weary
watches, an' ilka blast that rummils roond the lum-tap mak's
their hearts sink when they think o' the bread-winners awa
at the fishin'-grunds.

When the news o' the ship on fire cam', dizzens rushed
awa doon-by to the beach to see if onything could be
dune. I gaed wi' the rest. A' the big fishin'-boats were
awa at the time to the deep-sea fishin', an' there was hardly
onybody left that could manage a boat. The only boat

that was to hand was a wee bit four-oared thing that belanged to the coastguard station some miles aff, but the nicht, though no' sae rough as micht hae been, wasna the kind o' ane that would warrant a body riskin' his life in sic a bit cobble. My wooden-leggit freend, Captain Groggit, hooever, wasna lang o' makin' up his mind aboot what should be tried. The Captain had been early on the spot giein' directions, an' had mair than ance got into sair trouble by his timmer leg slippin' on the seawaur that strewed the beach at the bottom o' the cliffs, but he was aye to the fore a meenit after, an' if roarin' directions hoo to steer, an' cursin' a'body that got into his road could hae dune ony guid, that ship shouldna hae been lost that nicht.

It was sune kent that the vessel was a foreigner, an' it was jaloosed, as afterwards turned oot correct, that when the vessel had ta'en fire, the captain had run her in towards the shore, wi' a view to get assistance, an' had got owre near when he discovered the dangerous nature o' the coast. The puir chiels were evidently trying to mak' the best o' their way oot o' the trap into which they had fa'en, an' tackit back an' forrit, but to little purpose. The ship behaved fine, but the crew, harassed wi' the smoke an' the terrors o'

their situation, werena sae quick in bracin' roond the yairds
as they wad hae been wi' plenty o' sea-room an' wi' nae fire to
trouble their minds, an' on her third tack the ship missed
stays, an' gaed drive into the sand aboot four hunder yairds
awa frae the shore, her foremast snappin' owre by the deck
as if it was a frostit carrot, an' foulin' the only boat that
the crew could hae got at. The shock o' strikin' the sand
did waur than bring doon the foremast. The ship had got
a sair wrench, an' in five meenits the smoke, gettin' vent at
the nooks an' crannies opened by the dunt, was spuin' oot
at a' pairts o' the deck. The water, tae, was washin' owre
the windward side o' the ship, an' the puir creaturs o'
sailors were seen wavin' onything they could lay their hands
on for assistance.

But wha was to gie the assistance? Nane o' the toon's
bodies seemed to care muckle aboot venturin', an' while a'

were ready to tell ane
anither what should be
dune, there were nane that
seemed willin' to do ony-
thing mair than advise.
Captain Groggit got aucht
or ten chiels to carry the
boatie to the only bit
quiet water, a sma' nook
which was sheltered by a
low range o' rocks, that
acted as a kind o' break-
water an' made a sort o'
harbour for the fishin'-boats when they were at hame.
Here the boat was launched into the water, wi' the oars
put into her, a' ready for shovin' aff, but there was nae use
in shovin' aff if there werena folk in her to row, an' them
that were present didna seem to be very anxious to tak'
pairt in the expedition. Captain Groggit roared oot for
volunteers, an' then, because a wheen young fellows didna

jump forrit a' at ance,'he misca'd them a' up hill an' doon
dale for cooards, an' landlubbers, an' cross-e'ed sons o'
sea-cooks, an' ither fearfu' nautical terms o' disapproba-
tion. But time was gettin' precious, an' the Captain
was mair than angry. He tried to stamp his feet,
forgettin' that he had but ane to do it wi', an' his timmer
leg, no' bein' accustomed to sic demonstrations, slipped oot
aneath him, an' he landit on his back in a pool that had
been left by the tide. Onything comic is aye made mair
effective if there be a dash o' tragedy gaein' on at the
time. I've heard a lauch raised by the mismanagement o'
a hose-pipe at a fire whereby half a dizzen onlookers have
been soakit through at a time when it was kent that there
were three or four human bein's crushed to death amon'
the blazin' ruins; I've heard the ribald jest amon' the
crood that were hingin' roond wi' morbid anxiety to see
the door o' a hoose whaur a murder had been committed;
an' sae was it in the case o' that I'm tryin' to tell o'. The
Captain's misfortin' was enough to relax the high-strung
feelin's o' the crood on the beach, an' notwithstandin' that
an awfu' death was starin' a curn human bein's in the face,
the folk were on the broad grin. But as the lauch was
deein' awa a young birkie, wha had juist come doon the
path which zig-zagged alang the face o' the cliff, elbowed
his way through the crood, an' sprang lichtly into the
boat. The lauch merged into a cheer, which the fickle
crood echoed again an' again. The young fellow was
Simpson, the banker's clerk, an' the enthusiasm which had
been evoked by his pluck wrocht sae muckle on the
bystanders that in a crack five ithers were into the boat,
an' Captain Groggit, cauld an' weet as he was, took his
place in the stern to steer, while he directed that Simpson
should sit at the bow, ready to fling a lang rope which was
ta'en in wi' them.

I was as pleased as could be at the pluck that Simpson
had shown, mair particularly as maist o' them wha had

been hardest on him aboot the ghaist o' the luminous nowt were present to see that his heart was in the richt place. To the honour o' human natur' be it said that a' that chaffed him afore were loodest in his praise noo, an' if he had dune naething else than volunteerin' first to man the boat that nicht, he wad hae got credit enough for a' time comin'.

As the boat approached the ship, great caution had to be ta'en to prevent her bein' stove in by some o' the sunken rocks that were kent to be between her an' the shore. When she got nearer those in the boat saw there were sax o' a crew on board, an' Captain Groggit decided that the best way to save them wad be for them to jump owrebuird when the boat wad pick them up. · He roared oot his opinions, but the puir foreign bodies couldna understand onything but their ain ill-faured gibberish, an' only screamed back a lot o' jabbers an' waved their bits o' cloots mair than ever. The would-be savers were noo in a bad fix. To gang near the ship was dangerous by reason o' the risk o' the heavy swell dashin' the boat against the vessel, an' sendin' them a' to smash, an' to turn back an' leave the sailors to their doom wasna to be thocht o'.

The feelin's o' them on land were wrocht up to a great pitch. It couldna be understood hoo the boat didna gang richt on to the ship. There seemed to be some stick, an' a' een were strained to see what was gaein' on. At length they were rewarded by seein' a sicht that garred them stare waur than ever. Ane o' the crew o' the boat was seen to stand up, an' in a meenit after he was owre the side, an' was battlin' his way towards the doomed ship. A sair fecht he had, but he was a strong swimmer, an' at length he was seen scramblin' up the wreck by means o' the broken foremast which was still attached to the hull by the ropes an' riggin'. The foreigners werena sic eediots after a', for they had gumpshion enough to gie a helpin' hand to haul the swimmer on board. In twa or three

meenits Simpson—for he it was that had haen the gallantry
to swim oot—had got the men to understand what was
wanted o' them, an' ane by ane they left the ship wi' the
rope tied roond their waists, that Simpson had ta'en the
precaution to tie roond him, leavin' the end o' it in Captain
Groggit's hands. The captain wantit Simpson to gang aff
afore him ; but Simpson, considerin' that he was the
freshest o' the twa, stayed last. Afore jumpin' into the
water, Simpson made an effort to save the life o' the
captain's puggie ; but the puir silly creatur, no' under-
standin' what was his intention, scampered awa up the
riggin' o' the mizzen-mast, an' its life was the only ane lost
by the disaster, if I except some unconsidered trifles that
wad likely be aboot the woodwark o' the vessel, she bein'
an auld ane. The warst o' the mischanter, wi' the exception
o' the loss o' property, was yet to befa' Simpson. Naebody
bein' left to haud the rope on board the ship, Simpson had
to trust to his ain swimmin' pooers an' the pu'in' o' the
folk on board the boatie, an' as he jumpit aff the ship a
heavy wave catched him an' dashed him against a piece o'
the ironwark o' the foremast. When he was hauled on
board the boatie his companions were horrified to find him
to a' appearance dead, an' the bluid gushin' frae an ugly
wound on his head. The boat was rapidly rowed ashore,
whaur plenty o' willin' hands hauled her high an' dry. The
unconscious Simpson, whase heroism was sune in a'body's
ken by the glowin' eulogium o' Captain Groggit, was
tenderly liftit oot an' carried to the tap o' the cliffs, ane o'
the maist willin' helpers bein' auld Whitesheaf, wha had
been deliverin' bread wi' his van amon' the fisher-folks.
Some saft things havin' been laid on the tap o' the bread-
van, Simpson was laid on them, wi' ane or twa sittin'
beside him to keep him steady. The van was driven aff
till it cam' to Whitesheaf's hoose, whaur the baker, whase
opinions o' Simpson seemed to hae cheenged wonderfully in
the last 'oor or twa, insisted that he should be ta'en, an'

his nursin' back to strength no' trusted to ony landlady, nae maiter hoo guid she micht be.

The bringin' back o' Simpson tae life was a maiter o' time. Lang an' low the lamp o' life flickered, and it 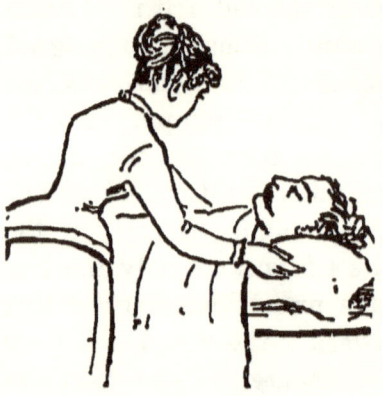 wasna for three days that he was conscious o' onything, the first thing he seemed to recognise bein' the form o' Mary Whitesheaf flittin' aboot his bedside, an' giein' him a coolin' drink. Judgin' by the effects the vision wasna a disageeable ane, for he drappit aff into a pleasant sleep, oot o' which he waukened in his sober senses, an' wi' the fever aff him, but awfu' weak. In the meantime his gallantry had been makin' a michty steer a' owre the country-side. Twa newspaper billies cam' doon, sharpened their keelyvines, an' clickit doon a'thing aboot the shipwrack, doin' full justice to a'body, frae Captain Groggit doon to the village policeman, but mair especially makin' a perfect hero o' Simpson, as he deserved. It no' bein' the time o' year for big guseberries, an' the sea-serpent havin' retired into private life, the newspapers were glad to get a haud o' the story, wi' the result that a' the actors in the gallant rescue got full credit. A subscription was got up for the shipwrecked men, an' they left the place wi' guid kits o' claes, after they had been at the bedside o' Simpson, whase hand they kissed as a kind o' hint that they were thankfu' to him for savin' their lives. Puir creaturs, they could do nae mair, an' that should mak' us a' thankfu' that we had the luck to be born in a land whaur a tongue is spoken that can find words enough for ony emergency.

CHAPTER XXVI.

"WOOED AN' MARRIED AN' A'."

HREE weeks after the stirrin' events related in my last chapter, Simpson was at his wark again, an' attendin' to his business as if he had been a common ordinary mortal that hadna dune onything wonderfu'. It wasna to be expectit that the kind o' boycottin' he had previously been treated to wad last lang after it had been proved that he wasna only able to conceive a great action, but to carry it oot; an' a' manner o' kindly invitations were shooered on him; but

Simpson didna seem to be very anxious to accept the dilatory hospitality o' a'body. Mair betoken he was mair than ever ta'en up wi' Mary Whitesheaf, wha had proved a lovin'. nurse to him during the illness consequent on his exertions, an' wha, maist folk jaloosed, wad, as sune as circumstances permittit, hae an opportunity o' makin' as guid a wife. But the circumstances were muckle against matrimony at the time. Bankers' clerks, though they hae routh o' opportunity o' hanlin' ither folk's siller, are no' conspicuous for haein' mony bawbees o' their ain, an' it was dootless that consideration, as muckle as contempt for Simpson's supposed cowardice, that made Whitesheaf, prudent pawrent that he's kent to be, sae thrawn in the early portion o' the coortship. Clerks are a puir-paid race, an' hae enough to do makin' baith ends meet by the time they hae paid for their paper collars, an' spats, an' hair-oil, an' ither knick-knacks that a tradesman hasna to bather wi' for ilkaday wear. Hooever, Mary seemed pleased, and wasna fleggit at the prospect o' a lang coortship, which has its advantages, if young folks wad bit look for them. Auld Whitesheaf, too, seemed to hae reconciled himsel' to the match, an' no' to hae regrettit the result o' his hasty resolution that Simpson had to be nursed in his hoose and nae-gate else. Sae when Simpson was able to gae hame to his ain lodgin's he gaed, but, except eatin' an' sleepin', he was seldom there. After business 'oors he was maistly aye to be met wi' yont-by at Whitesheaf's, an' after gloamin' Mary an' him, wi' Flossie at their heels, could be seen strollin' awa alang by the hedge-sides, probably lookin' for mair luminous coos. They were hardly ever sindry. Even at the very kirk Simpson was aftener in the baker's seat than in his ain, an' it may hae been due to the sma' salary, though I hardly think it, that the twa could only contrive to hae ae Psalmody atween them.

But Simpson's puir circumstances werena to last sae lang as they owre aften do in ither cases. The noise that had

been made aboot the gallant rescue o' the foreign crew
had been heard by the Directors o' the bank in which
Simpson was employed, an' they had been sae pleased that
ane o' their employees had dune sae weel, besides giein'
their bank a kind o' gratis adverteesement by its name
appearin' in the notices o' Simpson's gallantry, that they
decided to appoint Mr. Chequers, the head agent in
Crowdiehowe, to anither sphere o' usefulness, makin' an
offer o' the management o' the vacant agency to Simpson,
wha snappit at it like a cock at a groser, of coorse. The
promotion mair than doobled Simpson's income, besides
puttin' him in possession o' a handsome hoose, rent free, a'
that was necessary to mak' it complete an' cosy bein' a
puckle furniture an' a wife. Simpson had the sense no' to
be owre upliftit wi' his guid luck, an' whan Captain Groggit,
wha was ane o' Simpson's staunchest freends, offered to
len' him a hunder pounds to stock his hoose, he had the
guid sense to thankfully decline it, sayin' that he calculated
that he wad be able to save enough to do it himsel' in a
sma' way in a twalmonth, an' that he was determined to
begin free o' debt—a sensible resolution that a' young folks
wha may be thinkin' o' gettin' married should mak' a note
o' an' imitate when their occasion comes.

But Simpson wasna to hae to wait sae lang as he thocht
for the consummation o' his wishes. The Laird, wha was
travellin' on the Continent at the time o' the shipwreck,
had seen the accoont o' the affair, an' wrote a letter to the
Provost, sayin' that if onything was bein' dune to mark the
district's sense o' Simpson's bravery he wad like to hae a
finger in the pie, an' enclosin' a cheque for twenty pounds.
A thing o' that kind only needs a beginnin', an' afore three
weeks were owre a handsome sum had been handit privately
to the Provost. The subscribers left it to the Provost to
choose what shape the testimonial wad tak', an' he, dentie
body that he is, made a maist sensible disposal o't. He
gaed in-by to the toon an' bocht a silver tea-tray, at a cost o'

aboot ten pounds, an' got a sma' inscription put on it, explainin' that the tray an' a purse o' sovereigns were presented to Simpson as a mark o' appreciation o' his bravery. The Provost was o' opinion that the silver plate wad be a tangible token that Simpson could keep beside him, an' that the recipient could best please himsel' aboot the spendin' o' the rest o' the bawbees. The haill transaction was dune real quietly, an' Simpson kent naething aboot it. The Provost intendit to hand owre the silver salver in a canny, aff-handit way withoot makin' ony fuss aboot it, but something turned up that preventit him carryin' his intentions oot. A letter cam' frae the Board o' Trade in London, a' plaistered owre wi' sealin'-wax, alang wi' a little box. The letter explained that the box contained a gold chronometer, a present frae the King o' Denmark to Mr. George Simpson, as a reward for havin' risked his life to save sax Danish subjects frae death, an' further requested the Provost to ca' a public meetin' to mak' the presentation.

Sae ae Saturday nicht a public meetin' we had, an' a grand ane it was. Ilka speaker got up an' made grander speeches than the ither, an' puir Simpson sat blushin' like a lassie at the praises he was gettin', an' I'm dootin' that he wad rather hae gaen through half-a-dizzen dangerous rescues than anither series o' presentations. The Provost presentit the watch an' the accompanyin' documents in a fell sensible bit speech, to which Simpson made a no' bad reply, a'thing considered. But when Captain Groggit got up an' presentit the silver salver an' the purse o' siller Simpson seemed fairly dumfoondered. He didna ken o' the second presentation, an' had only prepared ae speech for the occasion, sae he blushed an' stammered an' blushed again—the blushin' dootless bein' greatly due to the closin' words o' Captain Groggit's remarks, whaur he said that the hero o' the evenin' had noo been providit wi' a hoose an' wi' something to buy furniture, an' that though he was still unprovidit wi' a wife, his friends had thocht it best to leave the selection o' that article to himsel'. But notwithstandin' Simpson's short-comin's in his second reply, the haill affair passed aff grandly. Captain Groggit led the cheerin' at a' times, an' did it sae effectively that next day the singin' o' the praises in the sanctuary was 'maist entirely left to Geordie M'Scraigh, an' even he was a hantle roupier than usual.

Aucht weeks after the presentations Geordie M'Scraigh had to mak' the annooncement frae the latern that there was "a purpose o' marriage between George Simpson, bank agent, an' Mary Whitesheaf, spinster, for the first, second, an' third time"—meanin' thereby that the "cries" were gi'en for the first, second, an' third time, an' no', as a stranger wad be apt to suppose, that the happy pair had had the daurin' to brave the joys o' matrimony on previous occasions. The invitation that "if there be ony objections" to hae them intimated in due time brocht forth nae response, neither in the kirk at the time o' intimation nor durin' the intervenin' aucht days; an' sae the mornin' o' sic import-ance to the twa young folk dawned brichtly. "Happy's the bride the sun shines on," an' happier still the bride wha enjoys the guid wishes o' a' her acquaintances. Ony-body wha passed through the place an' didna ken what was the maitter wad hae thocht that a great an' croonin' victory had been vouchsafed to the British airms, or that a Reform Bill had been passed. Every place that could haud a flag had a flag, an' plenty places whaur a flag couldna hing were decorated wi' a pocket-hanky. Maist o' the twa-story hooses had clooty carpets hung oot at the window, an' Whitesheaf's bakers had a string o' flooers an' evergreens hingin' across the street forment the door o' the hoose.

The ceremony was graced wi' the presence o' baith the Free an' the Auld Kirk ministers, no' because ony difficulty in tyin' the nuptial knot was anticipated, but juist that the happy pair should begin their new life wi' as muckle *eclaw*, as the French ca'd, as possible ; an' maistly a' the leadin' inhabitants o' the place were inveetit, mysel' amon' the rest. The marriage ceremony was performed very efficiently by the Auld Kirk minister, he bein' assisted at divers pairts by the Free Kirk minister. Geordie Simpson spak' oot like a man when he was askit if he wad tak' the woman at his side to be his wife, but the bride's reply, although it wad likely hae been in the affirmative, was lost in the volume o' soond raised by a wheen skirlin' brats o' bairns wha were yellin' "Bawbees," "Bawbees," ootside the door, varied by occasional wild ootbursts o' hootin' when White-sheaf's twa apprentices made excursions oot amang them wi' besom-handles, thae twa youths havin' been specially re-tained for that purpose. After the ceremony the usual handshakin' an' a guid deal o' kissin' took place, Captain Groggit havin' set the example by kissin' the bride first, an' afterwards performin' the same ceremony wi' the bridesmaid an' a wheen young cummers wha were roond aboot. Then cam' the supper, at which the graceless auld Captain made sundry sly jokes on a'body generally, an' on the young couple in particular, finishin' by proposin' the health o' the new-married pair, which was respondit to wi' great cheerin'. Ither speeches were made, an' the festivities were carried on lang aifter the bride an' bridegroom had quietly slippit awa hame, to the great wrath o' Captain Groggit, wha had proposed to himsel' to assist at the beddin'—a ceremony that was dootless common enough in oor young days, but which is happily fa'in' into disuse in thae mair ceevilised times. An' sae "a' went merry as a marriage bell."

Naething occurred to mar the general joy, an' the only re-grettable incident that happened was ane to auld Captain Groggit after the pairty skailed. He had been stumpin' his wa's hame, an' had by some blunder allooed his timmer tae to get stuck in the gratin' o' a cundie, snappin' it owre aboot six inches frae the tap, an' obligin' him to sit doon on the

cauld fit-path an' howl for assistance. Luckily he hadna pro-
ceedit far, an' the twa apprentice laddies, wha had been re-
lieved o' their duty o' chasin' awa the bairns—the bairns
haein' gaen to bed lang afore—an' had been assistin' in
scrapin' oot dishes in the kitchen, heard him, an' gettin' oot
their bread-barrow, the Captain was wheeled hame in great
style, roarin'—

> "We'll tak' a richt guid willie waucht
> For the days of auld langsyne."

There were ill-mindit folk wha said the Captain was fou, an
maybe so he was ; but it is nae business o' yours or mine,
gentle reader, an' sae I wad prefer to pu' doon the window-
blind on Captain Groggit's condition, as I noo do on the

EDINBURGH UNIVERSITY PRESS:

T. & A. CONSTABLE, Printers to Her Majesty.